Ernst Wichert

Frische Luft

Lustspiel in 4 Akten

Ernst Wichert

Frische Luft
Lustspiel in 4 Akten

ISBN/EAN: 9783744664899

Hergestellt in Europa, USA, Kanada, Australien, Japan

Cover: Foto ©Andreas Hilbeck / pixelio.de

Weitere Bücher finden Sie auf **www.hansebooks.com**

Frische Luft!

Lustspiel in 4 Akten

von

Ernst Wichert.

(Bühnen-Manuscript.)

Die Verfügung über das Aufführungsrecht ist der Agentur der Deutschen Genossenschaft dramatischer Autoren und Componisten zu Leipzig übertragen.
E. Wichert.

Königsberg 1874.

Druck der Universitäts-Buch- und Steindruckerei von E. J. Dalkowski.

Personen.

Hartig, Justizrath und Notar.
Gundula, seine Frau.
Emma, seine Tochter.
Dr. Arminius Stich, sein Schwager.
Thomas Goldinger, Direktor eines Bankinstituts.
Agnes, seine Frau.
Lydia, seine Tochter erster Ehe.
Rosa, 15 Jahre alt } seine Kinder zweiter Ehe.
Emil, 10 Jahre alt
Egbert von Rhoden, Gutsbesitzer.
Robert von Möller, sein Vetter, Botaniker.
Sebaldus Steifflein, Hauslehrer.
Jacob, Diener bei Goldinger.
Peter Grund, Bauer.
Gottfried, sein Sohn.
Grete Karst, Bäuerin.
Liesel, ihre Tochter.
Christoph, ihr Knecht.

Das Stück spielt im ersten Akt in einer großen Stadt, in den folgenden auf dem Lande.

Rechts und links vom Zuschauer.

Erster Akt.

Geräumiges Zimmer bei Justizrath Hartig. Thüren rechts, links und in der Mitte. Rechts ein Fenster; daneben ein Damenschreibtisch mit zwei Sesseln. Links Sopha, Tisch, Sessel, Stühle. Auf dem Tisch eine Torte und Blumensträuße oder Töpfe. Rechts an der Coulisse Tisch mit Schachspiel Recht wohnliche Einrichtung.

Erster Auftritt.

Emma sitzt an dem Schreibtisch und schreibt eifrig. Die Thüre rechts ist offen. Später Frau Gundula Hartig von rechts.

Emma. So! Das wäre die siebente Seite engegeschrieben Du sollst diesmal acht haben, liebster Schatz! (Sie nimmt ein kleines Gestell mit Photographie auf, betrachtet zärtlich das Bild und küßt es) Bessere Dich auch — hörst Du? Ich soll immer mit drei Seiten zufrieden sein und Dein Briefpapier hat das kleinste Format. Ja, sieh mich nur so freundlich an, Schelm — es ist gar keine Entschuldigung, daß auf Deinem Gute draußen einen Tag um den andern nichts passirt, gar keine Entschuldigung! Das Beste, was man erlebt, erlebt man doch innerlich. (Nimmt wieder die Feder auf.) Das will ich ihm gleich schreiben. (Schreibt eifrig.)

Gundula (außerhalb.) Emma!

Emma. Gleich, Mama! Man hat auch gar keine Ruhe (schreibt.) Daß wir einander . . . immer schreiben müssen! Wenn Du doch . . . Dein Gut in der Stadt hättest . . .

Gundula. Emma — Emma!

Emma. Ich komme gleich, Mama! (Schreibt.) Wie ich mich . . . nach Dir sehne, mein Herzensschatz . . . Du weißt es kaum . . .

Gundula (eintretend.) Aber nun muß das Geschreibe wirklich ein Ende haben, Kind.

Emma. Wenn Du mich aber immer unterbrichst, Mama —

Gundula. Wir erwarten in einer halben Stunde Gäste, und Du hilfst Deiner alten Mama nicht einmal den Theetisch ordnen — von der Küche will ich schon gar nicht sprechen. Alles zu seiner Zeit . . . Hörst Du, Emma?

Emma (die immer vereiferter geschrieben hat.) Nun aber gewiß gleich, Mama. (Schreibt.) Tausend Grüße und Küsse von Deiner . . . Dich ewig liebenden . . . Emma. So! Nun kann's trocknen.

Gundula (bei Seite.) Wenn die wüßte, welche Ueberraschung ihr zugedacht ist —! (Laut.) Ist das nun vernünftig, täglich Stunden und Stunden darauf verschwenden, einander die gleichgiltigsten Dinge zu berichten?

Emma. Die gleichgiltigsten Dinge, Mama?

Gundula. Wahrhaftig! Denn das Wichtigste, was ihr euch zu sagen habt, versteht sich ohnehin von selbst.

Emma (schmollend.) Ich denke, zweien Menschen, die einander so nahe stehen, müßte Nichts gleichgiltig und Alles wichtig sein, was den Andern betrifft.

Gundula. Schraube nur Deine Forderungen zu hoch. Die Enttäuschung wird nicht ausbleiben. Wenn ihr euch in Jahren nicht gesehen hättet! Aber es sind kaum acht Tage —

Emma. Beinahe vierzehn, Mama, seit Egbert hier war. Ja Du — Du kannst gar nicht wissen, wie einem liebenden Herzen bei solcher Sehnsucht zu Muth ist! Du hast den Papa alle Tage . . .

Gundula. Werdet nur erst so alt, wie wir —!

Emma. Ach, warum nicht gar!

Zweiter Auftritt.

Die Vorigen. Justizrath Hartig von links, Akten unter dem Arm, den Hut in der Hand.

Gundula (erschreckt.) Du willst noch fort?

Hartig. Willst —? Muß, muß, muß!

Gundula. An unserm Hochzeitstage — und da uns endlich einmal die Verwandten zugesagt haben.

Hartig (küßt sie auf die Stirn.) Geschäfte, Gundelchen — es ist zum Tollwerden. So ein Rechtsanwalt und Notar in der großen Stadt —! Man denkt sich mal einen Tag freizuhalten — unsern Hochzeitstag, keinen lieber als den.

Ja, nun erst recht nicht! Als ob die ganze Welt sich darauf capricirt hätte, gerade dann Rath zu brauchen. Stürmten mir heute förmlich das Bureau. (Auf die Akten deutend.) Und das da muß abgemacht werden. — Der Mann ist krank, kann über Nacht sterben. Was dann? Dauert aber nicht lange, mein Herzchen — werfe mich in die nächste Droschke — (küßt sie wieder und sieht im Vorbeigehen auf den Tisch.) Die prächtigen Blumen! Wer hat sie uns denn —? Ach so! ich selbst. Ja, man hat den Kopf so voll —!

Gundula. Es ist ein Wunder, daß Du unsern Hochzeitstag nicht vergessen hast —

Hartig. Obgleich —?

Gundula. Nun — obgleich Du den Kopf so voll von Deinen Prozessen und Konferenzen und Notariatsakten hast.

Hartig (drückt ihre Hand.) Werde ich —?! (Auf Emma deutend.) Nun macht die bald Hochzeit —! Herr Gott! wie die Zeit vergeht, und man hat so wenig vom Leben.

Gundula. Eile nur, eile, daß Du bald wieder zurück bist.

Hartig. Eile, eile, eile! Wer auch einmal stillstehen könnte! (Geht nach der Thür.)

Emma. Gehst Du an einem Briefkasten vorbei, Papa?

Hartig. Wieso?

Emma. Du könntest meinen Brief —

Gundula. Ach, der hat ja Zeit. Laufe nur!

Hartig (ab.)

Emma. Der Brief hat nicht Zeit, Mama. Er muß durchaus noch heute zur Post. Erwartet Egbert ihn morgen vergeblich, so glaubt er, ich sei krank, und ängstigt sich meinetwegen halb todt.

Gundula. Er hat gar nicht so schwache Nerven.

Emma. Ach, er sieht nur so kräftig aus. — Daß wir auch immer getrennt sein müssen . . .

Gundula. Gott sei Dank! Dann bleibt ihr einander immer neu. (Nimmt einen Stuhl vom Tische fort und setzt ihn an die Thür in der Hinterwand.) Hat die Annette wieder den verunglückten Stuhl mit dem schadhaften Rohrgeflecht hier hineingestellt! Sie soll ihn ganz entfernen. — Ja, Dein Vater und ich — wir hatten es nicht einmal so gut, wie ihr. Er ein armer Referendar, der für einen Rechtsanwalt arbeitete, ich Gouvernante auf dem Lande — da kannst Du Dir denken, wie selten wir einander sahen. War auch recht gut! Dafür wurde unsere Ehe um so glücklicher. Wenn der Mann zu thun hat und die Frau zu thun hat —

Emma (hat den Brief couvertirt.) Muß man denn immer zu thun haben? Das ist garstig. Ach, einmal nur sich selbst leben — oder vielmehr seinem andern Selbst — am liebsten auf einer wüsten Insel . . . !

Gundula. Das heißt schwärmen! Kind, Kind, von wem hast Du das geerbt?

Emma (umarmt sie.) Ach, ich bin sehr traurig.

Gundula. Nun — gieb nur den Brief; ich will ihn besorgen, schneller als Du denkst. Närrisches Volk!

Emma. Meine gute, liebe Mama!

Dritter Auftritt.

Die Vorigen. Lydia und Dr. Stich durch die Mitte, an der Thüre complimentirend.

Dr. Stich. Bitte, bitte, Fräulein Lydia . . .

Lydia. Bitte, bitte! Der berühmte Dr. Stich . . .

Dr. Stich. O — oh! Die Damen . . .

Lydia (eintretend) Haben stets den Vortritt, wo man sie mit Höflichkeit abspeisen kann. — Guten Abend, beste Tante — guten Abend, Emma.

Gundula. Müßt ihr gleich wieder zanken?

Lydia. Zanken? Wir begegneten zufällig einander von rechts und links an der Thüre, und es waren die ersten Worte, die wir wechselten — seit drei Monaten, wenn ich nicht irre.

Dr. Stich. Die Damenuhren haben die Gewohnheit still zu stehen.

Lydia. Sollten Sie über Ihre Besuche bei alten Jungfern aus der Verwandtschaft Buch führen?

Dr. Stich. Mein Fräulein, darauf . . .

Lydia. Geht Ihrem Witz der Athem aus.

Dr. Stich. Er darf sich allerdings bis zu dergleichen uneinnehmbaren Positionen nicht versteigen.

Lydia (bedauernd.) O — oh, ist er asthmatisch?

Dr. Stich. Keineswegs! Aber der alten Jungfer gegenüber nicht — schwindelfrei.

Lydia. Er mag sich nur ungenirt an meine dreiundzwanzig Winter halten.

Dr. Stich. Das Eis ist nicht zuverlässig.

Lydia. Lege ich etwa zu, Tantchen?

Gundula. Kinder, was ist aus euch geworden? Bis vor drei — vier Jahren war't ihr Beide ganz prächtige Leute, verkehrtet mit einander, wie sich's in eurem Alter schickt. — Nun, ich will nichts sagen, aber ich hätte schwören mögen, Ihr müßtet ein Paar werden —

Dr. Stich und Lydia. Ach —!

Gundula. Da bekommt den Armin, der ein tüchtiger und gesuchter Arzt ist, die Hexe Politik in ihre Krallen und Lydia, mein nachdenkliches und herziges Nichtchen, stürzt sich blind in den Strudel der Gesellschaft. Ihr treibt weiter und weiter von einander ab, und trefft ihr nun einmal zusammen, zwackt's euch förmlich, euch gegenseitig in Stichelreden zu überbieten.

Dr. Stich. Ich bin der angegriffene Theil, Schwester. Fräulein Lydia rächt sich an mir, weil ich so unartig gewesen bin, mir bei ihr nicht — einen Korb zu holen.

Lydia (beißt die Lippe.) Hatten Sie den so gewiß?

Dr. Stich. Vergessen Sie nicht meinen sehr gefährlichen Concurrenten.

Gundula. Wohl den blöden Herrn von Möller, der Lydia wie ihr Schatten folgte und auch so stumm, wie ihr Schatten, war?

Dr. Stich. O, er war gefährlich. Sagen Sie selbst, Fräulein Lydia: ein Liebhaber, der schweigend anbetet —

Lydia. Hat allerdings den Vorzug vor einem Anbeter, der sein Herz nur auf der Zunge trägt.

Dr. Stich (zu Gundula.) Merkst Du, Schwester?

Gundula. Ach —! Herr von Möller zog sich ja plötzlich ganz zurück und ließ Dir völlig freies Feld.

Dr. Stich. Vielleicht erschienen wir einander vice versa zu gefährlich — er war ein merkwürdig gewissenhafter Mensch.

Gundula. Wie paßt das? Solltest Du ihm die Hölle heiß gemacht haben?

Lydia. Oder den Himmel kalt.

Dr. Stich. Ah — ich war damals allerdings verteufelt eifersüchtig.

Lydia. Und da war die Hexe Politik nicht weit. O diese Männer! (zu Gundula.) Habe ich nun nicht das beste Recht, eine alte Jungfer zu werden?

Emma (heimlich zu ihrer Mutter.) Willst Du mir nicht den Brief —

Gundula (ohne darauf zu achten.) Thut mir die Liebe, Kinder, und witzelt nicht. Ich kann dies Wortfechten in den Tod nicht leiden. Das ganze Leben wird dabei ein Schattenspiel an der Wand.

Lydia (seufzend.) Ist es denn etwas Anderes?

Dr. Stich (wichtig.) O doch!

Lydia. Ihnen freilich! — Gott! was hat Dr. Stich nicht alles zu thun? Wie kommen Sie nur mit vierundzwanzig Stunden den Tag aus? Kein Zeitungsblatt nehme ich zur Hand, das nicht wenigstens drei Mal Ihren Namen nennt. Parteiversammlung! „Dr. Stich wird unsern Abgeordneten über die Militärfrage interpelliren." Wissenschaftliche Vorlesungen! „Herr Dr. Stich über das noch unerforschte Innere Afrikas." Sonntagsschule: „Herr Dr. Stich hat gütigst zwei Stunden zugesagt." Verein für weibliche Krankenpflege: „Dr. Stich über Frauenemancipation." Dazu Leitartikel, Wahlberichte, Resolutionen, Feuilletons, und doch auch Ihre Kranken. Wann essen, wann schlafen, wann — arbeiten Sie eigentlich? Ich bin ganz Verwunderung!

Dr. Stich. Die Sache hat auch eine ernste Seite, mein Fräulein.

Lydia. Natürlich nur eine ernste Seite.

Gundula. Lydia hat im Grunde Recht. Du reibst Dich bei Deiner Vielgeschäftigkeit auf, lieber Bruder — Du verbrauchst Dich vor der Zeit.

Dr. Stich. Wer kann gegen seine Natur? Ich darf von mir rühmen, daß ich das Vorgefühl eines Barometers für Wind und Wetter in der Politik besitze. Das Ideal meiner selbstlosen Wünsche ist ein Sitz im Reichstage — bemerken Sie: ohne Diäten —! die Gründung einer neuen Fraction. Mein Himmel! bei solchen Bestrebungen lebt man nicht bequem — man lebt überhaupt nicht; man vergißt gänzlich ein Lebemensch zu sein und ist nur noch — Staatsmensch.

Gundula. Lydia. Entsetzlich!

Dr. Stich. Ja, das liegt in der modernen Wirthschaftsweise. Wir sind eigentlich Alle mehr oder weniger nur noch Staatsmenschen, Geschäftsmenschen, Finanz- um nicht zu sagen Geldmenschen — ich werde darüber morgen im Arbeiterverein einen Vortrag halten.

Gundula. Um Himmelswillen! Wo sollen unsere jungen Mädchen dann noch Männer herbekommen?
Emma. Egbert ist kein Staatsmensch, Mama.
Lydia. Es bleibt uns Frauen nichts übrig, als auch Staatsmenschen zu werden.
Gundula. Gott bewahre uns!
Dr. Stich. Aber es wird dahin kommen. Die Ehe hat egoistische Tendenzen, die Familie ist staatsfeindlich —
Gundula. Das laß uns nicht hören —! am wenigsten heute an meinem Hochzeitstage. Schlimm genug, daß in der großen Stadt schon Alles auseinandergeht, was zusammengehört, Jeder sich in dem Streben, aus der großen Fluthwelle aufzutauchen, überhastet und übermüdet, selbst die besten Freunde und nächsten Verwandten einander nicht mehr erreichen können, um gemüthlich zu verkehren. Wann kommt wieder Ruhe und Friede in die Welt?
Dr. Stich. Hoffentlich nie!

Vierter Auftritt.

Die Vorigen. Sebaldus Steiflein mit seinen Zöglingen Rosa und Emil, beide modisch gekleidet.

Steiflein (ein langer hagerer Mann, trägt in den Händen zwei große Gummibälle.) Einen schönen guten Abend, werthe Frau Rath.
Rosa und Emil (begrüßen sich mit den Anwesenden etwas förmlich.)
Gundula (zu Steiflein.) Sie bringen doch nicht eine Absage?
Rosa. Papa und Mama folgen zu Wagen.
Emil. Es war für Herrn Steiflein kein Platz, sonst hätten sie uns wohl mitgenommen.
Gundula (küßt die Kinder.) Ei! Ihr seht ja geputzt aus wie die kleinen — (bei Seite) Affen, hätte ich bald gesagt.
Steiflein. Herr Goldinger hatte noch einer Sitzung des Verwaltungsraths zu präsidiren, die länger, als erwartet, dauerte; die gnädige Frau conferirte —
Rosa. Mit dem Fabrikanten wegen der neuen Renaissanceeinrichtung im Speisesalon. Die Muster sind sehr hübsch.
Steiflein. Sie erscheinen aber sogleich.
Dr. Stich. Was tragen Sie denn da so feierlich in der Hand?

Steiflein. Gummibälle, Herr Doktor. Emil wollte sie gern zum Spielen mitnehmen, schämte sich aber, sie über die Straße zu tragen und verlangte Jacob zur Begleitung. Da habe ich ihm denn gesagt, daß man sich nur über das zu schämen habe, was Schande mache, und als er gleichwohl störrisch war, habe ich des guten Beispiels wegen selbst die bunten Bälle vor ihm her über die Straße getragen.

Gundula. Bravo, Bravo!

Emil. Man hat auch gelacht, Tante.

Gundula. Ueber Dich hätte Niemand gelacht.

Steiflein. Und ich habe bewiesen, wie man sich mit stoischem Gleichmuth über dergleichen kleine Anfechtungen närrischer Leute hinwegsetzt. Hier hast Du nun Deine Bälle.

Emil (nimmt die Bälle und spielt damit.)

Rosa (zu Lydia.) Daß ich's nur sage, ich habe mich furchtbar unterwegs genirt und bin immer sechs Schritte vorausgegangen — aber imponirt hat Herr Steiflein mir doch.

Lydia. Die Männer mit der Römertugend und dem antiken Selbstbewußtsein sind nun einmal imposant, Kind. Schade, daß man nicht mehr die Toga trägt.

Emil (am Fenster.) Unsere Equipage hält schon vor der Thür.

Gundula. Und mein Mann noch nicht zurück!

Fünfter Auftritt.

Die Vorigen. Goldinger und Agnes Goldinger durch die Mitte. Jakob, in Livree, legt einen Paletot ab und entfernt sich wieder.

Agnes. Ach! Sieht man sich im Leben noch einmal, Frau Schwägerin! Wo ist Hartig?

Gundula. Noch in Geschäften aus — leider!

Goldinger (immer etwas phlegmatisch und abgespannt.) In Geschäften, in Geschäften — ja! die Geschäfte! Ich habe gearbeitet, mit Erlaubniß zu sagen, wie ein Packesel. Die Herren vom Verwaltungsrath sind unersättlich, und man muß heute doppelt vorsichtig sein, will man nicht öffentlich an den Pranger gestellt werden.

Dr. Stich. Freilich! Die Reden gegen Verres sind ganz an der Tagesordnung. Pah! Luftreinigung.

Goldinger. Verwünscht diese ganze moderne Geldwirthschaft bei solcher öffentlichen Moral! Wenn's nicht Ihr Hochzeitstag gewesen wäre . . . Nun, gratulire!

Gundula. Legen Sie ab, liebe Agnes.

Agnes (Hut und Shawl ablegend.) Ja, ich sehe meinen Mann kaum noch. Wenn er nicht in seinem Comtoir zu schreiben und zu rechnen und Conferenzen abzuhalten, oder an der Börse zu handeln hat, giebt's Diners und Soupers für alle denkbaren und undenkbaren Zwecke. Zu Hause ist er eigentlich nur, wenn er schläft.

Goldinger. Neschen, Du multiplicirst.

Agnes. Ich sage noch zu wenig, Lydia kann mir's bezeugen.

Goldinger. Nun, Lydia?

Lydia. Papa liebt es, uns manchmal durch das Geschenk einiger seiner kostbaren Minuten zu überraschen. Wir sehen ihn selten und sind doch nie vor ihm sicher.

Agnes (bei Seite zu Gundula.) Er hat sehr überflüssige Anwandlungen von Eifersucht und kontrolirt gerne die Herrenbesuche, die wir empfangen.

Gundula. Ihr?

Agnes. Ich sage nicht zu viel.

Goldinger. Nun ja: man hat Repräsentationspflichten — und leidet darunter. (Streicht Brust und Bauch.) Ah! mit der Gesundheit steht's erbärmlich bei dieser Lebensweise, die die Ausnahme zur Regel macht. Ich finde nicht einmal Zeit und Ruhe, den Brunnen zu trinken, den der Arzt dringend verordnet. — Und geht es Dir etwa besser? Wann könntest Du für mich zu Hause sein? Toilette machen, Visiten empfangen und erwiedern, von Neuem Toilette machen, Corso fahren, wohlthätige Anstalten beglücken, Abends zu Theater oder Concert oder gelehrten Vorlesungen wieder Toilette machen . . .

Agnes (seufzend.) Ja, es gehört leider zum Leben — man verflüchtigt sich in der Gesellschaft.

Lydia. Und kann sie doch nicht missen.

Dr. Stich. Sich sehen lassen —! das kostet viel Zeit.

Lydia. Die haben wir Frauen ja im Ueberfluß. — Da steht ein Schachspiel. Wagen Sie eine Partie?

Dr. Stich. Beabsichtigen Sie mich matt zu setzen?

Lydia. Wenn Sie's nicht schon sind, bevor wir anfangen —!

(Sie nehmen am Schachtisch Platz und spielen.)

Gundula. Ja, ja, ja! zu wünschen und zu klagen hat Jeder. Nun — machen wir's uns heute recht gemüthlich. (Sie sagt Emma etwas in's Ohr.)

Emma. Gleich, Mama. — Aber willst Du mir nicht meinen Brief —

Gundula (winkt ihr zu gehn.) Ich besorge ihn schon.

Emma (ab und kommt bald darauf wieder zurück mit einer Bose, die Thee präsentirt.)

Agnes. Wann giebt's Hochzeit?

Gundula. O, das hat gute Wege. Herr von Rhoden ist noch nicht eingerichtet.

Agnes (streichelt Rosa.) Wie die Kinder heranwachsen!

Rosa (sich aufrichtend.) Wenn ich so fortfahre, nimmst Du mich im nächsten Winter mit auf den Ball, Mama! Nicht wahr?

Emma (kommt zurück.)

Agnes. Im vorigen Jahre habe ich selbst noch getanzt. Freilich im letzten Winter — (seufzend) mein lieber Mann kann nicht schnell genug eine alte Frau haben.

Goldinger. Ja, ich bin ein Othello — zwar kein schwarzer, aber (auf seinen Kopf deutend) ein grauer.

Agnes. Die grauen sind die schlimmeren.

Gundula. Gott sei Dank! Wir können einander mit aller Seelenruhe liebenswürdig sein lassen, ich und mein Alter.

Agnes. Glaubst Du? Der Männer ist man nie sicher.

Gundula. Auf meinen kann ich schwören.

Emma. Ach, so ein Ball ist furchtbar langweilig.

Dr. Stich. Nicht wahr?

Lydia. Für Philosophen und unglückliche Bräute.

Emma (schmollend.) Ich bin deine unglückliche Braut.

Lydia. Wer wird denn auch alles auf sich beziehen?

Gundula. Endlich der Vater! (Ihm entgegen.)

Sechster Auftritt.

Die Vorigen. Hartig.

Hartig. Da bin ich! (Zieht die Hand seiner Frau durch seinen Arm.) Hat's lange gedauert, Gundelchen? So! Nun gratulirt mir meinetwegen der Reihe nach zu dem Glück, heute vor so und so viel Jahren eine solche Frau bekommen zu haben.

Lydia. Vor wie viel Jahren, Onkelchen?

Hartig. Vor wie viel —? Ja, da müßte ich erst nachrechnen und mein Kopf ist müde; steckt von Tage zu Tage zu viel juristischer Krimskrams darin.

Gundula. Schon gut, wenn man nicht merkt, daß man alt wird —!

Hartig. Aber —?

Gundula. Es ist kein Aber dabei.

Agnes. Eine glückliche Ehe ganz ohne Aber. Bravo, bravo!

Hartig. Setzt euch, Kinder, setzt euch. Ich laufe noch ein Bischen herum — nehmt mir's nicht übel. (Als ob Jemand Einspruch thäte.) Wie? — Gut! (Führt Frau Goldinger zum Sopha.) Sie nehmen mir's nicht übel, Frau Schwägerin — ist so meine Gewohnheit. Himmel! was Sie wieder für brillante Toilette gemacht haben!

Gundula (sich zu Agnes setzend und Steiflein Kuchen präsentirend.) Dafür hat mein Alter also doch Augen —

Hartig Während —?

Gundula (schüttelt den Kopf.)

Hartig. Nichts? Gut!

Goldinger. Ja, das versteht meine Frau. (Bei Seite.) Kostet auch ein Heidengeld!

Hartig. Wenn ich denke — als meine Schwester noch lebte, Deine selige! Wie einfach ging's bei uns zu — wie bescheiden haben wir angefangen? Ja, ja, ja! ein Rechtsanwalt muß sich eine große Praxis wünschen; und wenn er sie hat ... Sagst Du was?

Goldinger (Thee schlürfend.) Kein Bankdirektor kann heute noch alle die Papiere kennen, die auf dem Geldmarkt herumschwimmen. Von gesunder Spekulation ist keine Rede mehr.

Hartig. Sondern?

Goldinger. Lotterie, Lotterie! Bei dieser politischen Unruhe —

Dr. Stich. Gehört zum modernen Dasein. Wir sind alle —

Lydia. Staatsmenschen! — Den Springer nehme ich.

Gundula (präsentirt Steiflein Kuchen.) Bitte, bitte!

Hartig (hinter Lydia's Stuhl tretend.) Staatsmenschen, das ist ein wahres Wort. Namentlich der da, der Armin! Nimm mir's nicht übel, aber Du stehst mit Deinen fünfunddreißig Jahren aus wie ein Greis.

Lydia. Sie sind am Zuge, Greis.

Dr. Stich. Meine Herren und Damen —

Lydia. St! keine Rede reden.

Hartig. Er krankt glaube ich, an den Reden, die er sich verhalten muß. Du solltest endlich heirathen, um wenigstens an Deiner Frau eine allezeit geduldige Zuhörerin zu finden. — Was macht Ihr Horaz, Herr Steiflein?

Steiflein (eifrig Kuchen essend, die Gundula ihm immer von Neuem präsentirt.) O, ich danke.

Hartig (zu Goldinger.) Weißt Du, daß es mit eurem Proceß wegen der Zeichnungen auf türkische Anleihe schief steht? Nach der Beweisaufnahme —

Gundula. Um Himmelswillen! Laß die Akten heut in Deinem Bureau.

Hartig. Der Advokat des Gegners ist zum Glück ein Schafskopf —

Gundula. Wie die Advokaten Deiner Gegner immer.

Siebenter Auftritt.

Die Vorigen. Egbert von Rhoden durch die Mitte.

Egbert (steht durch die Thür.) Emma!

Emma (läßt eine Tasse fallen.) Egbert! (Eilt auf ihn zu. Umarmung.) Welche Ueberraschung!

Egbert (sich mit den Uebrigen begrüßend ohne Emma loszulassen.) Also wirklich — guten Tag, guten Tag! Also wirklich eine Ueberraschung. Ja, die danken wir der lieben, gütigen ... Guten Tag, Herr Steiflein.

Steiflein (steckt eilig ein großes Stück Kuchen in den Mund und reicht ihm die Hand.)

Gundula. Hat der Brief noch Eile?

Emma. Meine liebe, gütige Mama!

Egbert. Ein Brief?

Emma. Ich erzähle Dir alles, was darin steht.

Egbert. Nein! ich muß ihn obenein haben. Aber ich will gleich mündlich antworten. Schreiben ist nicht meine Force.

Hartig (klopft ihm auf die Schulter.) Nun, wie geht's, mein Junge?

Egbert. Danke, danke! so ziemlich. Nur der Sommerroggen ist ein Bischen zu stark ausgeschossen.
Goldinger. Der richtige Landwirth!
Egbert (zu Emma.) Habe ich Dir denn geschrieben, daß ich Besuch habe?
Emma. Kein Wort. Siehst Du, so bist Du!
Egbert. Mein Vetter ist aus Grönland zurück, wo er drei Jahre unter den Eskimos gehaust hat, um naturwissenschaftliche Studien zu treiben und vielleicht auch sein zu heißes Blut zu kühlen. Es muß da (auf das Herz deutend) irgend etwas passirt sein. Sprechen thut er freilich darüber nicht — er ist überhaupt kein Freund vom Sprechen. Ich sage Euch, einen so schweigsamen Menschen giebt's auf der Welt nicht mehr — das geht über Moltke.
Lydia (zu Stich.) Mit dem müssen Sie sich associiren.
Dr. Stich. Wer ist denn der große Schweiger?
Egbert. Nun — mein Vetter.
Dr. Stich. Es ist doch zu viel verlangt, daß ich alle Vettern Deiner weitläufigen Verwandschaft kennen soll.
Egbert Robert von Möller.
Lydia (überrascht.) Robert —?
Dr. Stich (erschreckt) Von Möller? Der ist Dein Vetter?
Gundula und Lydia. Und der ist zurück?
Egbert. Seit Kurzem. Furchtbar verstudirt und ein Bischen menschenscheu. Das wird man natürlich in der Nähe des Nordpols. Uebrigens ein sehr gemüthlicher Kerl; wir stehen uns vortrefflich. Ihr sollt einmal sehen, wenn wir Abends einander gegenüber im Lehnstuhl sitzen und unsere Cigarre rauchen. Er spricht kein Wort und ich spreche kein Wort, aber manchmal lacht er ganz freundlich, wenn ihm irgend etwas Gutes einfällt, und ich lache dann auch, wenn ich nicht zu müde bin — Ich versichere Sie, eine wahre Seele von Mensch.
Lydia. Womit beschäftigt er sich denn den ganzen Tag?
Egbert. O, er streift in Wäldern und Mooren herum, allerhand Moose und Flechten zu suchen — seine Specialität! Bringt seine Sammlungen in Ordnung, schreibt, erholt sich . . .
Hartig. Da hat er an Dir ein gutes Vorbild. (Klopft ihm die Backe.) Du siehst wohl aus. Wir sind Schatten gegen Dich.
Egbert. Ja, Papa, das macht — ha, ha, ha! die frische Luft draußen.

Hartig. Die frische Luft! Da steckt's! Du sprichst ein großes Wort gelassen aus, mein Junge. Nun weiß ich, was uns Allen zum Leben fehlt —: frische Luft!

Alle. Frische Luft? Freilich, frische — frische Luft!

Hartig. Frische Luft! Stellt das kräftigste Licht unter eine Glasglocke, und es muß erlöschen. Wie unter einer großen Glasglocke stehen wir alle hier in der Stadt, athmen kaum noch aus voller Brust, füllen unsre Lunge mit ungesunden Gasen, verderben unser Blut —

Dr. Stich. Allerdings, etwas mehr Ozon —

Hartig. Was, Ozon! Weniger Stickstoff! Wir ersticken in unsern Bureaus und Comtoirs und Salons, und zwischen unsern himmelhohen Häusern und in unsern dumpfen, engen Wohnungen.

Dr. Stich. Wenn Du einmal meine Abhandlung über Ventilation —

Hartig. Hilft nichts! Wir schreiben, wir lesen, wir sprechen zu viel — wir arbeiten zu viel, da steckt's! Tag aus Tag ein, Jahr aus Jahr ein in dieser Pestathmosphäre, angespannt wie die Lastthiere — ah! wir brauchen frische Luft, um nicht zu verkümmern, zu verdorren, auszutrocknen. Frische Luft für unsre Lungen, frische Luft für unsern Kopf, für unser Herz —!

Alle. Ja, ja, ja — frische Luft!

Hartig. Kein Arzt kann ein besseres Recept verschreiben.

Gundula. Und man braucht keinen Apotheker, um es zu bereiten.

Hartig. Einmal nur drei, vier Wochen lang kein Aktenstück sehen —

Goldinger. Keine Zahl schreiben —

Agnes. Keine Visiten empfangen —

Dr. Stich. Keine Reden halten können —

Lydia. Keine Gesellschaft besuchen —

Gundula. Kein Kopfzerbrechen wegen des Küchenzettels haben.

Steiflein. Keine Stunden geben —

Rosa und Emil. Nichts lernen dürfen —

Emma und Egbert. Immer bei einander sein!

Hartig. Einmal nur sich, nur der Familie leben, nichts thun, als genießen —

Alle. Frische Luft genießen! —

Goldinger (nach einer Pause.) Wir könnten ja zusammen in's Bad . . .

Agnes. Das ist keine Erholung! Man kommt da nicht vom Toilettenspiegel fort.

Dr. Stich. Oder auf Reisen —

Goldinger und Gundula. O, die Anstrengung!

Lydia. Und man kennt ja schon alles.

Hartig. Nein! Frische Luft ist weder in den großen Bädern, noch in den großen Hotels zu finden. Dafür nehme ich keinen Urlaub, bezahle ich keinen Stellvertreter. Man müßte ganz aus der Welt, ganz aus der Gesellschaft, ganz aus aller gewohnten Thätigkeit, einmal ganz fesselfrei —

Alle. Ja, ja, ja!

Hartig. Aber wohin? Wohin? Wo noch frische Luft finden auf diesem Ameisenhaufen, Erde genannt? Wohin?

Egbert. Wenn den Herrschaften nur darum zu thun ist — ich könnte wohl einen Vorschlag machen. (Winkt Emma mit den Augen.)

Alle. Hört, hört, hört!

Egbert. Kaum eine halbe Stunde von meinem Gut liegt ein Ort, den man Zweihaus nennt. Es sind da wirklich nur zwei Bauerhäuschen mit Gärten, Aeckern und Wiesen — rund herum Wald und Haide.

Agnes. Sehr idyllisch!

Egbert. Die Eigenthümer sind in ihrer Art recht liebenswürdige Leute, Bauern von altem Schlage. In dem einen Hause wohnt Peter Grund mit seinem Sohn Gottfried, in dem andern Grete Karst mit ihrer Tochter Liese: und die beiden Alten wirthschaften in Liebe und Eintracht, als wären die beiden Grundstücke nur eins, und die beiden Jungen werden aus Zweihaus wirklich bald Einhaus machen, denn sie sind mit einander verlobt. Da wäre nun rechts und links Platz für Sommergäste, und für frische Luft garantire ich.

Emma. Herrlich, herrlich! Und Du bist ganz in der Nähe —

Egbert. Vom Morgen bis zum Abend bei Dir.

Emil. Da könnten wir im Freien herumlaufen, Rosa —

Rosa. Nach der Natur zeichnen —

Goldinger. Im Schlafrock Kaffee trinken —

Hartig. Gemüthlich eine Pfeife rauchen —

Egbert. Keine Lokomotive ächzt vorüber, kein verstimmtes Posthorn schmettert —

Hartig. Kein proceßsüchtiger Client findet den Weg dahin —

Goldinger. Und der Courszettel langt allemal zu spät an.

Hartig. Hm — es läßt sich hören.

Goldinger. Es läßt sich hören.

Alle. Es läßt sich hören.

Dr. Stich. Dann aber auch die reine, ungeschminkte Idylle, meine Herrschaften —

Alle. Versteht sich, versteht sich!

Dr. Stich. Entwerfen wir in aller Form ein Programm.

Alle. Ha, ha, ha — ein Programm!

Dr. Stich. Ein Gesetz, nach dem wir leben wollen.

Lydia. O, Sie unverbesserlicher Staatsmensch! Gerade einmal ganz außerhalb des Gesetzes —

Dr. Stich. Das geht nicht. Da giebt's Verwirrung. Wir müssen uns feierlich zu Protokoll verpflichten —

Alle. Ha, ha, ha — zu Protokoll!

Dr. Stich. Allen Ballast unserer complicirten Existenz über Bord zu werfen und einmal nur als simple Menschen —

Lydia. Frische Luft zu schnappen.

Dr. Stich. Wählen wir also zur parlamentarischen Berathung einen Präsidenten, meine Herrschaften —

Alle. Doktor Stich — Doktor Stich!

Lydia (bei Seite.) Nun ist er obenauf! Selbst Herr von Möller genirt ihn nicht weiter.

Dr. Stich. Gut, ich nehm's an. (Setzt den Schachtisch mitten in das Zimmer.) Hier der Präsidententisch — (zu Gundula) ich bitte um eine Glocke, liebe Schwester — (zu Emma) und um einige Bogen Papier, Tinte und Feder. (die Sachen werden ihm gebracht.) Ich werde die verschiedenen Vorschläge, Amendements . . . danke, danke, vortrefflich —! gewissenhaft protokolliren lassen.

Lydia. Schade, daß kein Stenograph —

Dr. Stich (läutet die Glocke.) Silentium!

Lydia. Aber man muß doch sprechen können!

Dr. Stich. Wenn man sich zum Wort gemeldet hat. Herr Sebaldus Steiflein, ich ernenne Sie zum Schriftführer, constituiren sie das Büreau. (Holt geschäftig den Stuhl, den Gundula entfernt hatte, aus dem Hintergrunde herbei und stellt ihn neben den Tisch mit der Lehne gegen das Publikum.) So! dies ist die Rednerbühne. Also nehmen Sie Platz! Rechts, links, Centrum — will Niemand im Centrum sitzen? Auch gut.

Hartig (geht nach links.) Aeußerste Linke — Fortschritt, so weit die Beine reichen — unveräußerliches Recht auf frische Luft!

Gundula (geht nach rechts.) Aeußerste Rechte — conservative Interessen — Magenfrage auch nicht zu verachten!

Die Uebrigen (gruppiren sich rechts und links.)

Dr. Stich. Also zunächst zur Geschäftsordnung: stimmen in unserm Parlament die Frauen mit?

Die Damen. Das wollen wir hoffen!

Die Herren. Zugestanden.

Dr. Stich (auf Rosa und Emil deutend.) Und die Kinder auch?

Rosa. Ich bin kein Kind mehr.

Steiflein. Emil ist immer für frische Luft.

Dr. Stich. Gut, also auch der! Zur Hauptfrage denn: sommern wir in Zweihaus?

Alle. Ja, ja, ja!

Emil (hebt die Hand auf.)

Dr. Stich (zu Steiflein.) Majorität?

Steiflein (nickt.)

Dr. Stich. Sollte Jemand namentliche Abstimmung..?

Niemand. Also weiter: was wird mitgenommen?

Hartig. Nichts.

Dr. Stich. Ich muß bitten, von der Rednerbühne aus —

Hartig (stellt sich hinter den Stuhl.) Meine Herren und Damen —

Alle. Bravo, Bravo!

Hartig (verneigt sich.) Ich sage: Nichts! Das heißt, ich sage etwas, aber dieses Etwas ist nichts!

Alle. Bravo, bravo!

Dr. Stich (läutet die Glocke.)

Hartig. Ich sage: Nichts mitnehmen. Nichts als was Keinem gepfändet werden darf: die Kleider auf dem Leibe.

Goldinger. Aber erlaube: Eine Kiste Wein —

Agnes. Die nöthige Garderobe —

Lydia. Bücher zum Lesen —

Rosa. Meinen Malkasten —

Emil (hebt die Hand auf)

Dr. Stich. Emil hat das Wort.

Emil. Meine Bälle!

Hartig (spottend.) Meine Akten, meinen Arnheim, meine Zeitungen, meine Putzmacherin, meine Friseuse, mein Kochbuch, meine schwachen Nerven — Nichts, nichts, nichts! Entweder — oder: sonst lohnt's nicht.

Emma. Wir haben an uns ganz genug, nicht wahr Egbert?

Egbert. Ganz genug. Ich übergebe die Wirthschaft dem Inspektor —

Dr. Stich. Abstimmen! Es wird also Nichts mitgenommen?

Mehrere Stimmen. Das heißt —

Dr. Stich. Außer dem Nothwendigsten.

Hartig. Alle Supercultur bleibt zu Hause — wir nähern uns möglichst wieder dem Urzustande. Tinte, Papier, Bücher — schreckhafter Gedanke. Allenfalls ein unschuldiges Schachspiel. Niemand spricht von seinen Geschäftssachen! Wer's thut — soll seine Buße nicht wissen.

Lydia. Das wird aber doch etwas langweilig werden, Onkelchen.

Hartig. Langweilig? Das soll's auch. Ach! wenn ich mich erst einmal wieder recht aus dem Grunde langweilen könnte! Nach dieser Ueberhastung in der Arbeit —

Goldinger. Im Erwerb —

Agnes. Im Vergnügen —

Hartig. Himmlische Wonne!

Gundula (kopfschüttelnd.) Kinder, wenn ich mir auch ein Wort erlauben darf —

Dr. Stich. Nicht vom Platze.

Gundula (schiebt Hartig fort.) Meinetwegen auch von der Tribüne aus. (Stellt sich hinter den Stuhl.) Kinder —!

Dr. Stich. Ich bitte, in parlamentarischen Ausdrücken.

Gundula. Ei was! ich mein's im Ernst. Meine lieben Freunde also, das ist alles recht schön und gut, aber ich fürchte sehr, daß ihr, wie ihr nun einmal beschaffen seid, die frische Luft in Zweihaus nicht vertragen werdet.

Alle. Hört — hört! Was — was? Nicht vertragen?

Dr. Stich (läutet die Glocke.)

Gundula. Nicht vertragen werdet. Ihr seid unzufrieden mit eurer Existenz — aber im Grunde paßt jeder doch gerade in seine Haut, und wie der Boden, so die Pflanze. (Widerspruch. Läuten der Glocke.) Ihr sehnt euch nach Ruhe, nach Stille, nach Einsamkeit, und seid doch durchaus nicht die Leute —

Hartig. Ordnungsruf!

Gundula. Du am wenigsten, Alter! Ich sage euch, es wird dummes Zeug —

Ruf von allen Seiten. Zur Ordnung, zur Ordnung!

Dr. Stich. Ich habe den geehrten Redner so verstanden, als ob er das nicht gesagt hat, was er gesagt hat.

Gundula. Jedes Wort vertrete ich — (Lärm. Läuten der Glocke.) Und ich habe hoffentlich noch Gewicht genug — (Sie steigt im Eifer auf den Stuhl; das Rohrgeflecht reißt, sie tritt so weit durch, daß sie mit dem Fuß hängen bleibt.) Hilfe — Hilfe Hilfe! Wer hat denn wieder den vermaledeiten Stuhl —?

Hartig (hebt sie heraus, die Andern helfen unter allgemeinem Gelächter.) Das ist die Strafe.

Gundula. So thut, was ihr nicht lassen könnt — ich übernehme die Küche!

(Der Vorhang fällt.)

———

Zweiter Akt.

Dorfstraße. Rechts und links je ein einfaches Bauerhaus, mit dem Giebel nach der Straße gestellt; unten Thür und Fenster, oben Giebelfenster. Weiter zurück hinter den Häusern Scheunen, Ställe, Baumgärten ꝛc.; geradeaus flache ländliche Gegend, in der Ferne Wald. Vor dem Hause rechts ein Zelt; darin Tisch und Stühle. Vor dem Hause links eine Laube. Gegen die Mitte der Bühne hin eine alte Linde (mehrere Hauptstämme, von unten auf verästet, sodaß ein Aufsteigen möglich erscheint,) mit einem starken, seitwärts abstrebenden (beweglichen) Hauptast in einiger Höhe. Tisch und einfache Holzstühle vor derselben. (In dem Hause rechts wohnen Golbinger mit Frau und Kindern, Steißlein und im Giebelstübchen Lydia; im Hause links Hartig mit Frau und Tochter und im Giebelstübchen Dr. Stich. Die Bauersleute sind ausquartiert zu denken und treten hinter den Häusern her auf.)

Erster Auftritt.

Jacob. Bald darauf **Christoph**, der Knecht. Von Zeit zu Zeit Dr. **Stich** oben links am Fenster.

Jacob (in Hemdeärmeln, klopft an der Linde Kleider aus.) Eine hübsche Gegend hier! Furchtbar viel Natur. In meinem ganzen Leben hab' ich nicht so viel Grünes beisammen gesehen — auch nicht so viel Himmel auf einmal. (Klopft.) Puh! und Staub giebt's hier —! Wenn die Herrschaften so viel davon herunterschlucken, als sich in die Kleider setzt, so müssen sie einen guten Magen haben. (Klopft.) Ich bin doch begierig auf das Präsent vom Herrn Justizrath und vom Herrn Doctor Stich — für meine Extradienste bei ihnen, denn meine Schuldigkeit ist's nicht. Der Doctor nimmt immer so den Mund voll „von den Rechten der arbeitenden Klassen" na! nun wollen wir mal sehen. (Klopft.) Ruhen die aber nach der Anstrengung des Kaffeetrinkens gründlich aus! Die Sonne kommt bald über das Dach. Freilich, zu thun haben

Sie auf der Gotteswelt nichts, und wie sich in diesem Jammernest ein Christenmensch amüsiren soll, das mögen die Götter Griechenlands wissen — sagt Herr Sebaldus Steiflein.

Dr. Stich (öffnet das Fenster und steckt den Kopf hinaus.) Meine Kleider, Jacob!

Jacob. Aha! da regt sich was. Eile mit Weile, Herr Doctor. Wie soll man sonst den Vormittag herumbringen?

Christoph (kommt, mit einer Sense auf der Schulter, aus dem Hintergrunde.) Guten Tag, Herr Jacob.

Jacob. Bon jour, bon jour! Kommt ihr schon vom Felde zurück?

Christoph. Haben ein Bischen Heu gemacht für die Pferde. Sind die Herrschaften noch nicht auf?

Jacob (zuckt die Achseln.) Auf schon! Aber nicht in Toilette.

Christoph. Wird heut ein heißer Tag — was? Die Sonne sticht so.

Jacob. Laßt's um Himmelswegen nicht regnen! Hier einregnen — das wäre gemüthlich, sagt Herr von Rhoden.

Christoph. Sagen Sie, Herr Jacob — he, he — was wollen die Herrschaften eigentlich hier?

Jacob. Frische Luft, lieber Freund.

Christoph. Frische Luft — he, he, he —! Na, die giebt's doch auch in der Stadt.

Jacob. Non! Damit können wir nicht aufwarten. Zuviel Menschheit auf einem Haufen — Kellerwohnungen — Proletariat — Straßenreinigung — Fabrikschornsteine — Canalisation oder Abfuhr . . .

Christoph (kratzt den Kopf.) Ich möcht' wohl nach der Stadt gehn — da soll die Arbeit viel leichter sein und der Lohn besser. Ich fürcht' immer nur, daß ich zu dumm dazu bin — he, he!

Jacob. Ja, die ländliche Arbeiterfrage harrt noch ihrer Lösung — sagt Dr. Stich. Wir in der Stadt fragen gar nicht mehr — wir commandiren. Allerdings ein kluger Kopf gehört dazu.

Christoph. Das glaub' ich.

Jacob. Man muß sich auch das viele Essen abgewöhnen. Wenn ich so sehe, was ihr hier vertilgt . . . !

Christoph. He, he, he! man ißt sich satt. Ich meinte nur, weil der Herr Doctor mit mir ein Langes geredet hat, wie's hier auf dem Lande aussieht, und ob wir auch Zeitungen bekommen, und was der Herr Pfarrer geprediget, und wie viel Steuern wir bezahlen —

Jacob Der wird euch klug machen. — Steht Ihr gut mit der Bäuerin?

Christoph. O ja, so weit schon. Sie arbeitet wie'n Knecht, und ich arbeit' wie'n Pferd, da stehen wir uns ganz gut, und essen thun wir aus einer Schüssel.

Dr. Stich (oben.) Jacob!

Jacob (nimmt die Kleider über den Arm.) Nun wird's am Ende Zeit sein.

Zweiter Auftritt.

Die Vorigen. Peter Grund und Grete Karst aus dem Hintergrunde, letztere mit einem großen Strauß Feldblumen.

Grund. He, Christoph! Was stehst da und plapperst? Hast kein' Arbeit im Stall? Was?

Christoph. Na, ich geh' ja schon. Kann doch auch mal ein Wort sprechen.

Grund. Räsonnirst? Kommt's große Maul auch schon hier auf's Land 'naus? Das brauchen wir grad. Geh, sag' ich!

Christoph (ab.)

Jacob. Ländlich, sittlich! (Er trägt die Kleider in das Haus links, kommt bald darauf zurück und bringt einen Rock und ein Paar Stiefel in das Haus rechts.)

Grund. Nu, Mutter Karst —?

Grete. Nu, Vater Grund —?

Grund. Was denkst?

Grete. Was denkst?

Grund. Die Felder stehn gut — was?

Grete. Ja, sie stehn gut.

Grund. Wird heuer 'ne hübsche Ernte geben.

Grete. Wenn der liebe Gott will —

Grund. Natürlich, wenn er will. Und im Herbst .. dann fahren wir ein — (zeigt nach rechts und links) hier oder dort, wo grad Platz ist — was?

Grete. Meinetwegen schon! Ist ja doch Alles eins, wenn erst Hochzeit gemacht ist.

Grund. Wann kann's sein? Der Gottfried wird mir ungeduldig, seit er vom Militär frei ist.

Grete. So in sechs Wochen, denk' ich. Wegen der Liesel muß es auch vorwärts; das Mädel ist so eifersüchtig.

Grund (hält ihr die Hand hin.) Bleibt's dabei?

Grete (schlägt ein.) Wenn du dem Gottfried dein Grundstück verschreibst —

Grund. Und du deins der Liesel. Nächsten Montag fahren wir auf's Gericht.

Grete. Freitag ist 'n bess'rer Tag.

Grund. Gut denn, Freitag. — Auf dem Gut wird's auch lustig werden zum Herbst — hm?

Grete. Was meinst?

Grund. Der Herr von Rhoden und das Fräulein von Justizraths — he, he, he!

Grete. Die sind Brautleut!

Grund. Na, ich denk', es ist Zeit, daß sie Eheleute werden. Die Sonn' ist kaum herauf, da kommt schon der junge Herr sie abholen, und das Fräulein ist fix und fertig, und dann husch fort in den Wald. Die sind verliebt!

Grete. Ach, das hat bei den Herrschaften nichts zu sagen.

Grund. Nu! mir wird's nicht zu viel. — (Stößt sie an.) Mutter Karst —

Grete. Vater Grund —?

Grund. Wir sind doch dumm gewesen — was?

Grete. Na — kann sein.

Grund. Wann starb meine selige?

Grete. Acht Jahr' sind's auf Martini.

Grund. Und du warst Wittwe. Wenn wir beide da — (Stößt sie an.)

Grete. Mußt wieder Unsinn schwätzen.

Grund. Na — es fällt mir nur so ein. Jetzt ist's alleweile zu spät; nun thun's die Kinder für uns.

Grete. Gut so. — Ich will den Herrschaften noch ein Bissel mit den Blumen das Zelt ausputzen.

Grund. Also über sechs Wochen —

Grete. Giebt's Hochzeit. (Sie geht ans Zelt und bindet den Blumenstrauß an den Pfosten; dann ab.)

Grund. Ist doch ein Weib! (Ab nach links.)

Dritter Auftritt.

Steiflein hinter dem Hause rechts hervor; später **Lydia** oben am Fenster rechts.

Steiflein (schreitet langsam vor, ein kleines Buch in der Hand haltend.) Beatus ille qui procul negotiis . . . glückselig, wer dem Stadtgewühl entfloh'n, mit eig'nen Ochsen pflügt sein Feld — (Gähnt.) Mag sein, aber man muß sich daran erst gewöhnen. Vielleicht wenn man wirklich hinter dem Pfluge hergeht . . . (Sieht nach der Uhr.) Es ist als ob die Uhren hier auf dem Lande still stehen — (hält sie ans Ohr) und sie tickt doch ganz munter. Nichtsthun und Nichtsthun und wieder Nichtsthun — so ein Tag vom Morgen bis zum Abend ist doch entsetzlich lang — wenigstens der dritte schon. Es wird doch seine Schwierigkeit haben, den Enthusiasmus des ersten auch nur eine Woche lang künstlich zu conserviren. (Zeigt auf das Büchelchen.) Wenn ich mir nicht heimlich meinen Horaz mitgebracht hätte . . .

Lydia (am Fenster, scheucht mit einem Tuch die Fliegen fort.) Guten Morgen, Herr Steiflein.

Steiflein (versteckt das Buch.) Ah! guten Morgen, mein Fräulein.

Lydia. Schönes Wetter?

Steiflein. Sehr schönes Wetter, mein Fräulein.

Lydia (schaut hinaus.) Impertinent schönes Wetter! Ich wünschte, es donnerte und blitzte einmal zur Abwechselung. Ist gar keine Aussicht?

Steiflein (sieht in die Höhe und dreht sich um sich selbst.) Ueberall blauer Himmel, mein Fräulein.

Lydia. Und dieser zudringliche Sonnenschein! Man kann vor Hitze nicht einmal schlafen. Was wird's heute geben?

Steiflein. Soweit ich informirt bin, Nichts.

Lydia. Nichts! Dolce far niente. Tauchen wir also unter in die Philosophie des Unbewußten. — Herr Steiflein, ich habe Lust, auf meine alten Tage bei Ihnen Latein zu lernen.

Steiflein. Ach —!

Lydia. Im Ernst. Fliegen fangen ist übrigens auch eine hübsche Beschäftigung. Da ziehen sie in ganzen Schaaren hinein — ich muß nur das Fenster schließen. Bedenken Sie sich das einmal wegen des Latein. Adieu! (Schließt das Fenster.)

Steiflein. Dem Fräulein lateinische Stunden geben — das wäre doch eine sehr gefährliche Sache. Ueberhaupt mit Damen umgehen ... Auch Rosa ist kein Kind mehr, und sie hat sich beim Unterricht so daran gewöhnt, mich anzusehen ... Ach! ein verunglückter Kandidat —! — Ich wünschte, ich wäre ein schöner Mann, oder ein vornehmer Mann, oder ein reicher Mann — oder alles zusammen. Narr du —! dir fehlt Beschäftigung. Ich will Schmetterlinge fangen und Fische angeln, oder mich sonst wie bukolisch zerstreuen. Die frische Luft macht einen alten Stubenhocker so — so — so aufrührerisch. Und man ist am Ende ... Still! daß die Kinder nichts merken.

Vierter Auftritt.

Steiflein. Rosa und Emil aus dem Hause rechts.

Rosa (mit einer Zeichnenmappe.) Du bleibst hier, Emil!

Emil. Ich gehe in den Roßgarten. Der Pferdejunge schneidet mir Pfeifen und zeigt mir Vogelnester.

Rosa. Du wirst mich nicht allein lassen!

Emil. Warum nicht?

Rosa. Weil es sich nicht schickt.

Emil. Ach! hier auf dem Lande —!

Rosa. Du sollst gehorchen.

Emil. Dir wohl? Das fehlte noch.

Rosa. Helfen Sie mir doch, Herr Steiflein.

Steiflein. Emil!

Emil. Geben Sie sich gar keine Mühe, Herr Steiflein. Hier auf dem Lande thut jeder, was er will.

Steiflein (hält ihn fest.) Du kannst doch nicht ganz verwahrlosen, Junge. Komm! wir wollen ein Stündchen die unregelmäßigen Verba repetiren.

Emil. Warten Sie! ich zeige Sie dem Herrn Dr. Stich an: es ist ganz gegen unser Programm. (Sucht sich loszumachen.)

Steiflein. Ich will dir die schönsten Geschichten aus dem Plutarch erzählen.

Emil. Zerreißen Sie mir nicht die Jacke, Herr Steiflein; es wohnt hier kein Schneider. (Macht sich los.) So! können Sie gut laufen? Etsch! (Eilig ab.)

Steiflein. Sunt pueri pueri ... Das bringt uns ein halbes Jahr zurück.

Rosa (hat sich auf einen Fußschemel gesetzt und die Mappe auf's Knie gelegt.) Wollen Sie sich nicht zu mir setzen, lieber Herr Steiflein?

Steiflein (räuspert sich verschämt.) Ich, mein Fräulein?

Rosa. Ach, ich bin ihnen wohl nicht interessant genug?

Steiflein. Wie können Sie glauben, liebe Rosa ...

Rosa (bei Seite.) Liebe Rosa — das kann er ganz hübsch sagen. (Laut.) Sehen Sie nur, ich zeichne das Bauernhaus drüben nach der Natur.

Steiflein (herantretend.) Das wird sehr natürlich werden. Sie haben ein schönes Talent zum Zeichnen.

Rosa. Nicht wahr? — Nehmen Sie doch einen Stuhl aus dem Zelt. (Bei Seite.) Was er nur seit einiger Zeit so schüchtern ist?

Steiflein (setzt sich und sieht ihr aus gemessener Entfernung über die Schulter.) Steht das Haus nicht ein wenig schief?

Rosa. Das liegt in der Perspektive. — Die dumme Sonne blendet so. Wissen Sie was? Sie könnten mir den Schirm vorhalten — wollen Sie? (Reicht ihm den Schirm.)

Steiflein (spannt den Schirm auf.) Sehr gern.

Rosa. So, nun ist's gleich besser. — Ein Bischen höher — ja? Ich kann den Schornstein nicht gut .. Ach, mehr nach rechts — tiefer, tiefer! — Da habe ich einen falschen Strich gemacht. Nehmen Sie einen Augenblick die Bleifeder ... so! jetzt den Gummi. Es beschwert Sie doch nicht?

Steiflein. O, durchaus nicht.

Rosa. Ach, da fällt mir etwas Hübsches ein! Aber Sie müssen nicht lachen.

Steiflein. Ich lache nie.

Rosa. Das ist wahr. — Ich möchte lieber erst den Baum zeichnen, und als Staffage darunter unsere Gesellschaft beim Frühstück. Ich dachte eigentlich auf den großen Ast da ein paar Hühner zu setzen. Aber das schattige Plätzchen ist wirklich zu schade für solch dummes Volk.

Steiflein (hinaufschauend.) Es ist in der That ein sehr hübsches Plätzchen. Man könnte da vorzüglich seinen Horaz ...

Rosa. Ach! wenn Sie mir eine rechte Liebe erweisen wollen, bester Herr Steiflein — klettern Sie einmal da hinauf und sitzen Sie Probe.

Steiflein. Ei, ei, ei! Ich . . . statt der Hühner?

Rosa. Wenn ich meinen lieben Lehrer verewige —! Und Sie sitzen da wie in einem Lehnstuhl.

Steiflein. Freilich, und im Schatten. — Gut! ich will in meinem Horaz lesen — (Geht nach dem Baum.)

Rosa. Das ist prächtig.

Steiflein. Verrathen Sie nichts davon, daß ich ihn nach Zweihaus eingeschmuggelt habe.

Rosa. Kein Wort! Ach, das wird eine Ueberraschung sein! —

Steiflein (klettert auf den Baum.) Ich bin einmal ein guter Turner gewesen — Noch höher?

Rosa. Es ist der nächste Ast. So — vortrefflich. Nun sitzen Sie ganz still. (Zeichnet eifrig.)

Steiflein (sein Buch vorziehend und sich bequem ausstreckend.) Ich rühre mich nicht bis zum Frühstück.

Fünfter Auftritt.

Die Vorigen. Gottfried und Liesel vom Felde her; er hat sie zärtlich umgefaßt. (Gottfried trägt die graue Soldatenhose und eine blaue Soldatenmütze, sonst ländliche Kleidung.)

Liesel. Ist's auch wahr, Friedel?

Gottfried. Wenn ich's sage!

Liesel. Hast mich in der ganzen Zeit kein Mal vergessen gehabt?

Gottfried. Kein Mal!

Liesel. Wer's glaubt! Die Soldaten in der Stadt sind leichtsinnig.

Gottfried (küßt sie.) Kannst mir schon glauben. So ein Schatzel, wie du bist, findt man doch nimmer.

Liesel. Sollst auch nicht danach suchen. — Nun, laß mich nur los, wir haben Gäste zu Haus.

Rosa (bei Seite.) Der Gottfried und die Liesel —! die will ich doch auch gleich zeichnen.

Gottfried. Plaudre noch ein Weilchen, Liesel. Weißt, das alte Nest da gefällt mir gar nicht für dich und mich. Wenn mir ganz Zweihaus gehört, bin ich schon ein kleiner Gutsbesitzer. Dann müssen wir große Fenster haben und ein rothes Dach, und 'ne hübsche Wetterfahne oben —

Liesel. Du willst aber hoch hinaus!

Gottfried. Für ein so allerliebstes Weibchen ... (Er will sie küssen, dreht sich mit ihr um, bemerkt Rosa, und läßt sie los.) Ach, das Fräulein!

Liesel. Was kümmert dich das Fräulein?

Gottfried. Nun, man muß doch —

Liesel. Seine Augen nicht überall haben. Gestern auf der Wiese, als sie da zeichnete — ich hab's wohl bemerkt. Was ist überhaupt an den Heuhaufen zu zeichnen?

Rosa (bei Seite.) Eine stattliche Figur! Er ist gewiß viel jünger als Herr Steislein — ach! den hab' ich ganz vergessen.

Liesel. Und jetzt steht sie wieder immerfort her. Nach mir sieht sie doch wahrhaftig nicht. Komm fort!

Gottfried. Aber Liesel!

Liesel. Du gehst ihr ganz aus dem Wege!

Rosa. Lieber Herr Gottfried!

Gottfried (sich rasch zu ihr kehrend.) Zu Befehl, gnädiges Fräulein!

Liesel (faßt ihn am Arm und dreht ihn zurück.) Hieher stehst Du!

Gottfried. Aber ich kann doch nicht so unhöflich —

Rosa. Was sie nur haben? — Lieber Herr Gottfried, wollen Sie nicht am Wiesengrund, da wo der Steg über den Graben führt, ein paar Bretter legen? Ich möchte gern auf der andern Seite die Waldecke zeichnen, und man sinkt so tief in den Moorboden ein.

Gottfried. Soll gleich gescheh'n, gnädiges Fräulein.

Liesel. Das fehlte noch! Für mich hast Du noch kein Mal Bretter gelegt, und ich muß täglich über den Steg.

Gottfried. Aber bedenke doch: die niedlichen Stiefelchen —

Liesel. So! Die niedlichen Stiefelchen! Zu denen gehören wohl auch ein Paar niedliche Füßchen?

Rosa. Und wenn Sie vielleicht seitwärts vom Steg eine Stange so anbringen möchten, daß man sich daran halten kann — das wäre sehr freundlich.

Gottfried. Es ist ja eine Kleinigkeit, gnädiges Fräulein.

Liesel (schiebt ihn nach links.) Geh einmal auf die andere Seite. — Liebes Fräulein, wir Bauersleute haben in der Wirthschaft viel zu thun und können nicht immer so aufspringen.

Rosa (vornehm.) Ich habe ja auch von Ihnen gar keine Gefälligkeit verlangt, liebes Kind.

Liesel (eifriger.) Aber von Gottfried, und das ist gerade so.

Gottfried (rupft sie am Rock.) Sei doch artig!

Liesel. Laß mich nur reden, es ist dann mit einem Mal abgemacht. — Wer über eine nasse Wiese gehen will, muß die Schuhe ausziehen.

Gottfried. Aber Liesel —!

Liesel. Und wem der Weg über den Graben zu schmal ist, der bleibt davon.

Rosa (ohne darauf zu achten.) Morgen, Herr Gottfried?

Gottfried (giebt seine Zustimmung zu erkennen.)

Liesel. Hast gar nichts zu nicken, sag' ich Dir.

Rosa. Sie sollen auch ein hübsches Bildchen haben; ich schenke Ihnen ganz Zweihaus.

Liesel. Sehr gütig! Das gehört uns schon ohnedem.

Gottfried. Was nur in das Mädel gefahren ist!

Liesel. Und man kauft die allerschönsten bunten Bilder für zwei Groschen.

Rosa (beleidigt.) O, ich bitte sehr, solche Handzeichnungen —

Liesel. Das verstehen wir Bauersleute nicht. Sprich doch auch ein Wort, Gottfried. Bist plötzlich ganz stumm geworden?

Gottfried. Man muß doch mit den Herrschaften —

Liesel. Nun verrede dich nicht. Gehst rechts oder links?

Gottfried. Ich meinte, wir wollten zusammen —

Liesel (faßt ihn unter dem Arm.) Das ist auch das Beste. Atjes, Fräulein.

Gottfried. Atjes, gnädiges Fräulein.

Liesel. Ist ganz genug, daß ich's sage. — Wenn sie nur erst wieder fort wären! (Ab mit Gottfried, indem sie zu hindern sucht, daß er sich zurückwendet.)

Rosa. Ich glaube, sie will nicht, daß ich mit ihm spreche. Nun warte! Das will ich mir merken. — Ach, Herr Steiflein —! Sie sind wohl schon recht müde, Herr Steiflein?

Steiflein. Nicht im Geringsten. Es sitzt sich hier ganz prächtig im Schatten mit dem Buch in der Hand.

Rosa. Schlafen sie nur nicht ein, sonst fallen sie herunter.

Steiflein. O, ich habe für den Nothfall eine Rücklehne. Zeichnen Sie ohne Besorgniß.

Rosa. Sie werden sehr possierlich auf dem Bilde. — Da kommt unser Brautpaar! Was die sich auch immerfort zu erzählen haben . . .

Sechster Auftritt.

Rosa. Egbert und Emma Arm in Arm von der Mitte her. Er trägt auf dem Hute einen grünen Kranz, um die Schulter eine Guirlande als Schärpe und einen Blumenstrauß in der Hand. Bald darauf trägt Jacob das Frühstück unter der Linde auf.

Egbert. Da wären wir glücklich wieder zu Hause.
Emma. Glücklich?
Egbert. Ich denke doch. Bist Du nicht müde?
Emma. Gar nicht.
Egbert. Wir sind aber doch weit durch Wald und Feld gelaufen.
Emma. War's weit? Ich möchte gleich wieder fort. Mit dir vergeht mir die Zeit so schnell . . .
Egbert. Du liebes, herziges Mädchen! Wenn wir erst Mann und Frau sein werden —
Emma. Ach ja! Dann bauen wir uns eine Hütte im Walde und kommen gar nicht mehr zum Vorschein. Weißt Du, Egbert, an dem reizenden Plätzchen, wo der Moosteppich lag —?
Egbert (unaufmerksam umschauend.) Gott sei Dank! Jacob servirt den Frühstückstisch.
Emma. Hörst Du nicht zu, Egbert?
Egbert. Mein romantisches Närrchen! Essen und Trinken gehört doch auch zum Leben.
Rosa. Aha!
Emma. Man muß an so etwas gar nicht denken.
Egbert. Ah! ich bin tüchtig hungrig.
Rosa. Der arme Mensch!
Emma. Hast Du wirklich Zeit dazu?
Egbert. Daran fehlt's uns doch nicht. (Er legt den Strauß auf den Tisch und bemüht sich, die Laubschärpe abzunehmen.)
Rosa (schließt ihre Mappe und steht auf.) Ich will nur sehn, ob die Mama nicht bald mit ihrer Toilette fertig ist. Der verschmachtet sonst ganz und gar — wenn auch nicht vor Liebe. (Ab nach rechts ins Haus.)

Emma. Was thust Du? Du wirst den Kranz zerreißen.

Egbert. Du windest mir einen neuen.

Emma. So wenig gilt Dir mein Geschenk?

Egbert. Sie lachen mich aus, wenn sie mich geputzt sehen, wie einen Jahrmarktsochsen.

Emma. Pfui! Das war unartig, Egbert.

Egbert. S' ist ja nur so eine Redensart —

Emma. Ich werde Dich nicht mehr ausputzen, wenn Dir's lästig ist.

Egbert. Ach, im Walde so viel Du willst. Aber bedenke doch, wenn ich so auf's Gut —

Emma. Du willst auf's Gut?

Egbert. Nach der Wirthschaft sehen, Herzchen. Es ging in den letzten Tagen alles drunter und drüber.

Emma. Du wolltest aber keine Minute ohne mich sein ...

Egbert. Man nimmt's doch nicht so wörtlich —

Emma. Warum soll man's nicht wörtlich nehmen?

Egbert. Und ich muß doch auch einmal nach meinem schweigsamen Vetter ausschauen.

Emma. Der sich uns noch nicht einmal vorgestellt hat. Warum läßt er sich denn gar nicht sehen?

Egbert (zuckt die Achseln.) Er sagt, er habe seine Gründe.

Emma. Gestern ging er am Waldrain entlang, als wir über die Wiese kamen. Kaum hatte er uns bemerkt, so kehrte er um und lief fort. Die Unarten hat er von Dir.

Egbert. Immer gemüthlich, Kind, immer gemüthlich.

Emma. Ja, gemüthlich! Du hast heute, als wir unter der Eiche saßen, schon einm also verdächtig gegähnt.

Egbert. Das passirt mir wohl, wenn ich nichts zu thun habe.

Emma. Warum hattest Du nichts zu thun? Ich saß ja doch neben Dir.

Egbert. Aber Du mußt auch nicht jedes Wort auf die Goldwage legen.

Emma. Wenn Du so geizig damit bist ...

Egbert. Zum Verschwender fehlen mir ja doch die Mittel. (Küßt sie.)

Dr. Stich (hat das Fenster geöffnet und zugeschaut.) Immer wie die Turteltauben. Man bekommt selbst Lust ...

Egbert (nimmt den Hut ab.) Der Eichenkranz bleibt darauf — (auf die Guirlande deutend) und das da häng' ich um Dein Bild. Ist's so recht, Liebchen?

Emma (schmollend) Das siehst Du gewiß gar nicht an.

Lydia (öffnet das Fenster und sieht hinaus.) Doch endlich ein Amüsement.

Egbert. Ich weiß nicht, was Du heute hast. So sei doch hübsch gemüthlich —

Emma. Gemüthlich sein, das heißt bei Dir, alles gehen lassen, wie es geht, jede Nachlässigkeit verzeihen —

Egbert. Ach, Unsinn!

Emma. Wie?

Egbert. Ich sagte nichts. — Gemüthlich sein, sieh mal, das heißt — das heißt ... Na, man hat's so im Gefühl. Wenn ich Dich zum Beispiel geärgert habe, und ich sage: gieb mir einen Kuß, Schatz —

Emma (macht sich los.) Den verdienst Du nicht.

Egbert. Siehst Du, das ist ungemüthlich.

Dr. Stich und Lydia (lachen laut.) Bravo! bravo!

Emma (bemerkt sie.) Auch das noch! Sie haben gelauscht.

Egbert (den Hut ziehend.) Guten Tag, meine Herrschaften. Kommen Sie nicht zum Frühstück herunter?

Emma (weinend.) Laß sie doch bleiben, wo sie sind; sie machen sich ja doch wieder über uns lustig.

Egbert. Ja, meinetwegen ...

Steiflein (auf dem Baum.) Nun muß ich zusehen, wie die gemüthlich frühstücken! Steige ich herunter, lachen sie mich aus. Ach, Rosa —! Hätte sie doch lieber die Hühner ...

Siebenter Auftritt.

Die Vorigen. Aus dem Hause links Hartig und Gundula, rechts Goldinger und Agnes; später Dr. Stich und Lydia.

Gundula (ein Körbchen mit Strickzeug am Arm) Sieht man euch beide auch einmal? Ihr nehmt's für voll! Aber was heißt das? Du hast geweint, Emma? (Besorgt den Frühstückstisch.)

Emma Ach, es kam mir eine Mücke in's Auge ...

Egbert. Ja, es kam ihr eine Mücke in's Auge. (Bei Seite zu Emma.) Sei gut Liebchen, willst Du?

Emma. Ich muß ja doch.

Hartig (eine lange Pfeife rauchend.) Ah! in Muße seine Pfeife Tabak rauchen — es will doch etwas sagen! Wie?

Egbert. Ich lechze nach einer Cigarre.

Hartig. Nun? Verbotene Waare?

Egbert (zuckt, mit einem Blick auf Emma, die Achseln.)

Emma. So rauche doch nur. Immer gemüthlich!

Egbert. Nach dem Frühstück, wenn Du erlaubst. Ich habe einen Wolfshunger, Mamachen.

Gundula. Laßt's euch schmecken.

Hartig (zu Goldinger.) Nun, wie behagt Dir's, du Großtürke?

Goldinger (im türkischen Schlafrock, eine türkische Pfeife rauchend.) Hm — hm — hm . . .

Hartig. Vorbehaltlich?

Goldinger. Ach — wie so?

Agnes. Gut, daß wir hier ganz unter uns sind. Meine Toilette muß sich in der genialsten Unordnung befinden. Sehen Sie nur, liebe Gundula — Goldinger hat nicht das mindeste Geschick zur Kammerjungfer.

Goldinger (setzt sich.) Ich gebe mir doch alle Mühe, Kind —

Agnes. Wenn wenigstens der Spiegel besser wäre! Aber auf dem Glasscherben, der dafür gelten soll, muß man immer erst eine halbe Stunde suchen, bis man seine Nasenspitze findet; beide Augen zugleich sieht man in keiner Lage.

Goldinger. Neschen, Du multiplizirst!

Dr. Stich (zutretend.) Wer spricht von multipliziren? Natürlich Goldinger! Heißt das unser Gesetz respektiren, Verehrtester?

Goldinger. Ich wüßte doch nicht . . .

Dr. Stich. Multipliziren heißt eine Zahl mal nehmen; mit Zahlen arbeiten heißt rechnen; rechnen gehört in's Comtoir. Multipliziren ist genau Ihr Geschäft — also . . .?

Goldinger. Aber nicht ich, sondern meine Frau —

Agnes. Ich habe mir schon zu viel abdividiren lassen. An der Wiege ist mir's nicht gesungen, daß ich ohne Kammerzofe und Friseuse . . . Auch die Ländlichkeit muß doch ihre Grenze haben —

Hartig. Widrigenfalls —?

Agnes. Die Unbequemlichkeiten recht störend werden.

Hartig. Zweite Auflage der Flitterwochen. Ist unser Großtürke seit vielen Jahren so verliebt gewesen? Bei den Diensten einer Kammerjungfer freilich —

Goldinger. Du wirst indiskret.

Hartig. Gebt euch einen Kuß, gebt euch einen Kuß und damit Basta! Wenn ich eine junge Frau hätte ... (Wischt sich den Mund.) Was Gundelchen?

Gundula. Aergere mich nur bald zu Tode, dann hast du freie Wahl.

Hartig. Hört doch einmal! Weshalb hat sich meine Frau so gut conservirt, als weil sie gar nicht weiß, was Aerger ist? Hat sie Ihnen nicht gestanden, Frau Agnes, daß ich ein Mustermann bin?

Agnes. Ich werde mich hüten, das zu verrathen.

Gundula (streichelt Hartig.) Ach ja — wenn du Zeit dazu hast.

Hartig. Immer, immer!

Gundula. Nu, nu — ich bin zufrieden.

Hartig (nimmt ihre Hand.) Was sie für eine niedliche kleine Hand hat!

Gundula (zieht fort.) Du wirst närrisch.

Dr. Stich. Das Vernünftigste, was man hier thun kann.

Hartig. Ist's wahr, oder ist's nicht wahr?

Gundula. Weißt Du nichts Amüsanteres?

Hartig. Wir sind ja hier zum Langweilen.

Goldinger. Weiß Gott!

Dr. Stich. In welches Partikelchen Ihrer Gattin haben Sie sich zuerst verliebt, Herr Goldinger? Beichten Sie!

Agnes. In mein Geld, fürchte ich.

Goldinger. Ah! in Dein Herz, mein Goldchen.

Agnes. Bei Deinem Pflegma?

Emma (zu Egbert.) Schmeckt's Dir denn noch immer?

Egbert. Vortrefflich. (Ißt weiter.)

Dr. Stich (lüftet den Rock) Puh! es wird schwül.

Hartig. Willst Du den Rock ablegen? Genire Dich nicht.

Agnes. Wir Damen können uns ja zurückziehen.

Dr. Stich. O bitte — bitte! es nützt auch wenig. (Streckt sich im Stuhl aus.) Heiße Luftbäder — die Kur muß wirksam sein. Das Leben, meine Herren und Damen —

Hartig (seine Pfeife wieder ansteckend.) Nur keine Rede halten.

Goldinger. Sonst schlafen wir ein.

Dr. Stich. Sehr freundlich! — Das Leben, wollte ich sagen, erkältet uns allmälig. Aber so ein warmes Luftbad — Hm! Mit jedem Athemzuge heizt man kräftiger ein — man bewegt sich nicht, man athmet nur — der Schweiß perlt auf der Stirn — der Arm fällt matt herunter — man ist zu faul sich ein Glas Bier einzugießen oder eine Cigarre anzuzünden — man denkt nicht, man träumt, vulgär ausgedrückt: man duselt, man — man . . . ja! man vergißt, was man sagen will . . .

Goldinger (gähnt.) Ja — ja!

Hartig (gähnt.) Ja, es ist ein sehr behaglicher Zustand.

Agnes (gähnt.) Sehr amüsant..

Egbert (aufstehend.) So, ich bin fertig.

Emma. Willst Du mich wirklich allein lassen?

Egbert. Ich komme ja Nachmittag wieder. Was kann man auch jetzt noch vornehmen?

Emma. Gut! geh doch nur. Deine Pferde und Schafe sind ja auch unterhaltender —

Egbert. Aber, wie kannst Du —?

Emma. Bist Du mir wirklich noch ein klein Bischen gut?

Egbert. Ach — riesig!

Emma (sehr vergnügt.) Ist's wahr? — Ich kann Dich doch nicht so allein gehen lassen. Weißt Du — ich werde Dich bis zur Schmiede begleiten.

Egbert. Das ist ein köstlicher Einfall.

Emma (setzt ihren Strohhut auf.) Und dann bringst Du mich wieder bis zur Scheune zurück — ja?

Egbert. Aber auf die Weise, liebe Emma —

Emma. Bleiben wir noch eine gute Weile zusammen — Machst Du nun auch dazu ein verdrießliches Gesicht?

Egbert. Im Gegentheil! Deinen Arm, Liebchen. — (Bei Seite.) Das wird ein weiter Weg bis zum Gut! (Ab mit Emma.)

Hartig (gegen den Schlaf kämpfend.) Sagst Du was?

Goldinger. Daß ich nicht wüßte.

Hartig. Mir ist ganz so, als ob ich Jemand leise schnarchen höre. Merkt ihr nichts?

Agnes. Nichts.

Hartig. So von oben her —

Gundula. Die Bienen summen um die Lindenblüthen.

Hartig. Mag sein. — (Immer schläfriger:) Meine Collegen in der Stadt — ha, ha, ha — die können sich jetzt quälen. Den wievielsten haben wir heut? Den achtzehnten — ganz recht. Große Civilsitzung — mindestens bis drei Uhr. — Hm, hm! wie die Geschichte mit der Fensterservitut ausfällt —

Dr. Stich. St! keine Prozeßsachen.

Hartig (sehr schläfrig.) Das möchte ich wohl wissen. Das möchte ich — wohl wissen. Aber wozu? Himmlischer Friede hier .. keine Duplik, keine Triplik ... nichts, gar nichts ...*)

Agnes (zu Goldinger.) Schläfst Du ein, Goldinger?

Goldinger (sich aufraffend.) Gott bewahre! Ich dachte nur nach ... Heute werden die Prioritäten der Baugesellschaft an der Börse aufgelegt ... mag ein hübsches Gedränge sein —

Dr. Stich. St! S — s — s — st!

Goldinger. Es fiel mir nur so ein. Die Aktien —

Dr. Stich (nickend.) St!

Goldinger (während der Kopf ihm tiefer und tiefer sinkt) Fallen ... fallen ... fallen ...

Gundula (die ihr Strickzeug vorgenommen hat.) Es ist doch wirklich ganz reizend auf dem Lande.

Agnes (nickend.) Ganz reizend — wenn nur hin und her einmal eine Visite — ein kleiner Skandal ...

Gundula. Ihr wißt, Kinder, daß ich mich für das ganze Unternehmen nicht sonderlich enthusiasmirt habe; aber nun wir einmal hier sind — es ist wirklich eine Erquickung! Diese Stille, dieses Saftgrün überall, diese balsamische Luft, diese Einfachheit der Bedürfnisse — ich danke Dir Alter ... (Sieht auf Hartig.) Ich glaube gar, er schläft und läßt mich immerzu reden. (Aufstehend.) Wahrhaftig, er schläft. Das ist für meinen Bruder Wasser auf die Mühle. Siehst Du nicht, Armin ... Herr Gott! der schläft auch. Die Cigarre auf die Erde gefallen — nicht übel. Ziehen Sie ihr Kleid zurück, Agnes, sie brennt vielleicht noch. (Sieht genauer hin.) Ach so —! „Schlummre sanft, Du edle —" Und Goldinger? Natürlich, der ist ganz versunken in Nachdenken über seine Börsenspekulationen. — Das ist aber doch —! (Kopfschüttelnd.) Am Vormittag, wenige Stunden nach dem Aufstehen ... Die frische Luft wirkt einschläfernd. — Ich will nicht stören.

---

*) Von hier ab eine leise, surrende Musik, Violinen mit Sordinen.

(Setzt sich vor dem Tisch auf einen Stuhl und strickt.) Es ist wirklich recht schwül — recht bedrückt — ich glaube, ein Gewitter muß im Anzuge... Da ist eine Masche gefallen und meine Brille — (läßt das Strickzeug in den Schooß fallen) blieb in der Stube. Nun — es eilt ja nicht.. (Immer schläfriger.) Ein Viertelstündchen übernippen... kann vielleicht... (Schläft ein.)

(Der Vorhang fällt langsam bis zur Mitte. Plötzlich kracht der Ast*), auf dem Steiflein sitzt und schläft. Er fällt mit Gepolter zur Erde. Die ganze Gesellschaft springt erschreckt auf. Der Vorhang hebt sich schnell wieder.)

Alle. Was war das? Was giebt's? Was ist geschehn?
Steiflein (ein wenig hinkend.) Entschuldigen Sie gütigst, meine Herrschaften —
Lydia (aus dem Hause.) Giebt's ein Unglück?
Hartig. Wo steckten Sie denn?
Steiflein. Auf dem Baum. Fräulein Rosa — die Hühner —
Alle. Auf dem Baum?
Steiflein. Der Ast scheint gebrochen zu sein; ich muß mich wohl zu schwer angelehnt haben.
Hartig. Der also war der geheimnißvolle Schnarcher?
Steiflein. Geschlafen? Ach, Gott bewahre! Geschlafen habe ich nicht.
Hartig. Wir haben wohl geschlafen — was?
Gundula (lachend.) Das will ich meinen.
Golbinger. Agnes. Ich nicht — ich nicht.
Hartig. Ich gewiß nicht.
Steiflein. Darf ich denn wenigstens zu erinnern wagen, daß ich noch nicht gefrühstückt habe?
Gundula. Hungern sollen Sie nicht. (Nöthigt zu Tisch.)
Agnes. Die Hitze ist zu groß — ich gehe hinein.
Golbinger. Man wird am Ende wirklich gut thun, vor dem Mittag ein Stündchen zu schlafen.
(Ab mit Agnes nach rechts ins Haus.)
Hartig (zu seiner Frau.) Willst Du im Ernst behaupten, daß ich geschlafen habe?
Gundula. Es ist ja gar nichts Böses.
Hartig. Aber es ärgert mich, daß du mir so wenig Spannkraft des Geistes zutraust, daß ich bei hellem Tage —

*) Die Musik endet hier plötzlich.

Gundula. Die Augen hattest Du doch wenigstens geschlossen.

Hartig. Weil mich das Sonnenlicht blendete. Aber ich habe alles gehört —

Gundula. Versteht sich! Es sprach ja Niemand ein Wort.

Hartig. Du willst zanken und das letzte Wort behalten.

Gundula. Das gebührt der Frau von Rechtswegen.

Hartig (ärgerlich.) Gut, ich habe also geschlafen. Ich kann ja auch nicht acht Tage ohne meine Akten leben —! bin ja auch ein Mensch, der nichts in sich hat. — Wie? Was? Bist du nun ganz stumm? Gundula, ärgere mich nicht! — Nun? — Meinetwegen! (Geht.) Ich will mir einmal bei meinem Wirth eine Pfeife Landtabak stopfen lassen. (Ab nach links.)

Gundula. Zu viel Idille macht übermüthig. (Ab in's Haus links.)

Achter Auftritt.

Die Vorigen. Egbert und Emma aus der Mitte

Egbert (wischt sich den Schweiß von der Stirn.) So, mein Herzchen, nun habe ich Dich sogar wieder bis Zweihaus zurückbegleitet.

Emma (sehr glücklich.) Ich verzeihe Dir alle Unarten. (Küßt ihn.) Jetzt ist also die Reihe, zu begleiten, wieder an mir, und ich komme mit bis zum Gut, wenn Du dafür —

Egbert. Aber Kind —! (Ganz erschöpft.) Ich geb's auf — bleibe zum Mittag hier.

Emma (vergnügt.) Das ist mir gerade recht.

Steiflein (legt die Serviette fort.) Jetzt eine Siesta im Schatten . . . ! Daß auch der Ast gebrochen ist!
(Geschrei hinter der Scene.)

Neunter Auftritt.

Die Vorigen. Von rechts und links Agnes und Gundula. Von rechts hinter dem Hause der Grete Karst und Emil, letzterer bis zur Brust hinauf schwarz (schwarze Strümpfe und Handschuhe, Hosen und Rock mit großen schwarzen Flecken), Robert von Möller (Botanisirkapsel, blaue Brille).

Dr. Stich. Lydia. Egbert. Emma. Was giebt's?

Emil (heult noch außerhalb.)

Möller (will sprechen, sieht Lydia, tritt einen Schritt zurück und verbeugt sich stumm.)
Agnes. Gundula. Was giebt's? Um Himmelswillen, was ist geschehn?
Grete Karst. Nu — nu! Der junge Herr ist in's Torfmoor gefallen; der Herr da war in der Nähe und hat ihn herausgezogen.
Möller (nickt zustimmend.)
Agnes. O mein Herr — besten Dank . . . (eilt hinter das Haus.)
Egbert (vorstellend.) Mein Vetter Möller, der Botaniker . . . Sie wissen ja, der schweigsame Möller . . .
Möller (verbeugt sich nach allen Seiten.)
Agnes (mit Emil vortretend.) Aber Emil —!
Steiflein (höchst pathetisch.) Nitimur in vetitum! (den sich heftig sträubenden und heulenden Emil am Arm vorziehend.) Aber Emil — !!

(Der Vorhang fällt.)

Dritter Akt.

Dieselbe Dekoration. Abend.

Erster Auftritt.

Jakob und Christoph.

Christoph. Also das nennt man strikwn, Herr Jacob?
Jacob. Oui! Eigentlich wird es strifen geschrieben und kommt her von Strick. Einem den Strick um den Hals legen —
Christoph. Um ihn aufzuhängen — he, he, he?
Jacob. So arg ist's nicht. Sagen wir: einem den Strick um die Hände binden, daß er sich nicht rühren noch regen kann und alles concediren muß, was man von ihm verlangt — natürlich nur bildlich! Man spricht es aber mit dem ei, damit nicht jeder gleich merkt, was dahinter ist. Verstandez vous? Das Ei des Kolumbus.
Christoph. I, der Strick gefällt mir ganz gut. Ich möcht' schon einmal den Peter Grund binden, he, he, he!
Jacob. Ihr müßt die richtige Zeit abpassen. So in der Ernte zum Beispiel, wenn das Korn reif ist und partout gehauen werden muß. Wird es der Bauer auf dem Felde verderben lassen? Non! Lieber legt er Lohn zu.
Christoph. Na — kann sein.
Jacob (sehr vornehm.) Lieber Freund, die Sklaverei ist abgeschafft.

Zweiter Auftritt.

Die Vorigen. Dr. Stich von der Mitte her mit einem Blumenstrauß.

Christoph. Da kommt der Herr Doctor. Mit dem darf die Bäuerin mich nicht mehr zusammen sehen; sie ist schon fuchswild. (Ab.)

Dr. Stich (langsam vorschreitend.)
Das Schönste sucht er auf den Fluren,
Womit er ihre Liebe schmückt —
oder: seine Liebe? Ich habe so lange nicht Schiller gelesen — es ist eine Sünde, wie man die deutschen Classiker vernachlässigt! Hier in der ländlichen Einfalt fällt einem nun so allerhand ein — Jacob! lieber Jacob!

Jacob. Herr Doctor!

Dr. Stich. Sie können mir einen Dienst erweisen.

Jacob (hält die Hand auf.) Sehr gern.

Dr. Stich. Geben Sie diese Blumen bei Fräulein Lydia Goldinger ab — und dieses kleine Billet dazu. Aber heimlich, verstehen Sie wohl —! Ich will nicht sagen heimlich, aber so, daß die Andern davon nichts merken — also geschickt, geschickt!

Jacob. Ganz wohl, Herr Doctor. (Hält die Hand auf.) Sonst nichts?

Dr. Stich. Sonst nichts.

Jacob (bei Seite.) Er scheint doch der Mann mit dem großen Herzen und dem kleinen Portemonnaie zu sein! Aber — strema Büzantia —! (Ab nach rechts.)

Dr. Stich. Sie wird mich schrecklich höhnen, ich bin darauf gefaßt. Nur eine furchtbare Niederlage kann mir hier zum Siege helfen. Blumen —! Dr. Stich, der Staatsmensch, pflückt Blumen in Feld und Wald für eine junge Dame. Und noch mehr —: er verbricht sogar ein Gedicht, ein wirkliches Gedicht mit wohlgezählten Versfüßen und süßklingenden Reimen in des sel'gen Heinrich Heine Manier! (Seufzt.) Was ist der Mensch für ein coloffal spaßiges Geschöpf! (Auf sich selbst deutend.) Zum Exempel der da! Das Glück, das er mit der Hand greifen kann, läßt er sich entschlüpfen, und wenn es ihn flieht, jagt er ihm nach über Stock und Stein, ganz blind vor leidenschaftlichem Eifer. Es ist nur ein Trost, daß jeder Narr sich allemal in bester Gesellschaft befindet — (Auf den eintretenden Steiflein deutend.) Wie figura zeigt!

Dritter Auftritt.

Dr. Stich. Steiflein mit einer langen Angel und einer kleinen Wasserbütte aus der Mitte.

Steiflein. Ach, wüßtest du, wie wohlig ist
Dem Fischlein auf dem Grund —

Dr. Stich. Du würdest nicht angeln gehen, Mensch!

Steiflein. Geschieht auch nur aus Verzweiflung, Herr Doctor, und es hat in solcher Stimmung seinen Reiz, die Glückseligkeit Anderer zu stören. Warum soll der Creatur wohliger sein, als dem Herrn der Schöpfung?

Dr. Stich. Welcher Philosoph behauptete doch, der Neid sei eine Nationaltugend der Deutschen? Es ist etwas dabei. — Was haben Sie denn gefangen?

Steiflein. Ach, die Frau Justizrath wird sehr unzufrieden mit meiner Ausbeute sein. Aber das Wiesenwässerchen ist nicht fischreich, oder die Thiere sind zu dumm für den Angelhaken, der nämlich nur eine krumm gebogene Stecknadel ist. (Hebt die Bütte auf.) Einige stintartige Geschöpfe — das ist alles.

Dr. Stich (lorgnirt hinein.) Und die meisten davon schwimmen schon auf dem Rücken.

Steiflein. Sie wollten den Verlust der Freiheit nicht überleben. Aber was thut's? Drei Stunden sind auf gute Art todtgemacht. Zeit todtschlagen ist eine Kunst, lieber Herr Doctor —

Dr. Stich. Zu der, wie zu allen Künsten, angeborenes Talent und Uebung gehört. Wir sind Dilettanten.

Steiflein. Das Bedürfniß ist doch, wie es scheint, allseitig. Finden Sie unsere Damen nicht viel — viel liebenswürdiger?

Dr. Stich. Ist die Liebenswürdigkeit nach ihrer geistreichen Theorie auch nur ein Akt der Verzweiflung, um die Langeweile zu tödten?

Steiflein. Hm — hm! ich meine eigentlich —: liebenswürdiger gegen mich? Ich kam sonst so wenig in Betracht, und hier ...

Dr. Stich. Was? Man stellt Ihnen nach? Erzählen Sie doch — das ist pikant.

Steiflein (verschämt.) J nun so ... Man beschäftigt sich freundlich mit mir.

Dr Stich (bei Seite.) In Ermangelung eines andern Gegenstandes.

Steiflein. Ich will nichts von Rosa sagen. Sie ist am Ende meine Schülerin und hat eine leicht erklärliche Verehrung für mich Aber auch Fräulein Lydia —

Dr. Stich. Ei!

Steiflein. Sie will mit mir den Horaz lesen. Wie finden Sie das?

Dr. Stich. Unzweifelhaft sehr liebenswürdig.

Steiflein. Ja. — Daß aber auch Frau Goldinger —

Dr. Stich. Auch Frau Agnes Goldinger?

Steiflein. So lange ich in ihrem Hause bin, und das sind jetzt sechs Jahre und beinahe drei Monate, hat sie nicht mit mir so viel gesprochen, als in diesen wenigen Tagen hier. Heute beehrte sie mich sogar mit ihrem Besuch, als ich angelte, und saß wohl eine halbe Stunde neben mir auf dem Grabenrande — mir zitterte so die Hand, daß kein Fisch anbiß. Sie will sogar, ich soll ihr auch eine Angel machen, und dann sollen wir zusammen angeln. Ich bitte Sie — was muß Herr Goldinger davon denken? Es ist mir ganz ängstlich.

Dr. Stich. Es ist Ihnen ganz ängstlich. — Ja, man hat Beispiele in der biblischen Geschichte —

Steiflein. So?

Dr. Stich. Denken Sie einmal an die Potiphar ...

Steiflein. O — o — oh!

Dr. Stich. Schüchtern genug sind Sie, um den Joseph tragiren zu können.

Steiflein. Sie scherzen. Aber es ist doch gut, wenn ich mich mehr an die Frau Rath halte. Sie ist eine Dame in gesetztem Alter (Achselzuckend.) Ihre Tochter Emma ...

Dr. Stich. Nun? Auch die?

Steiflein. Ich weiß nicht. Gestern Abend — obgleich ihr Bräutigam neben ihr saß — sprach sie doch eigentlich nur mit mir.

Dr. Stich (bei Seite.) Sie hatten nämlich gezankt.

Steiflein. Ich hoffe, Herr von Rohden ist zu vernünftig, um daraus eifersüchtige Grillen zu fangen.

Dr. Stich. Wer weiß?

Steiflein. Nun, ich bin nicht der Narr, mir etwas darauf einzubilden. — Ich will die Fische der Frau Rath hineintragen.

Dr. Stich. Ei, ei! nehmen Sie sich vor der in Acht. Meine Schwester hat trotz ihrer Jahre so eine eigene Art von Liebenswürdigkeit —

Steiflein (selbstgefällig.) O, das hat bei mir keine Gefahr. (Ab nach links ins Haus.)

Dr. Stich. Dem benimmt die frische Luft das Bischen Verstand gründlich. — Lydia —! Sie hat mein Gedicht erhalten — es ist gefährlich, ihr jetzt zu begegnen. Also vorerst ein Rückzug in die Laube (Tritt in die Laube links.)

Vierter Auftritt.

Dr. Stich. Lydia von rechts aus dem Hause, später Steiflein von links aus dem Hause.

Lydia (ein Blatt in der Hand haltend.) Ich sah doch Dr. Stich vom Fenster aus? Er versteckt sich vor mir, wie das schlechte Gewissen. Wer freilich diese poetischen Sünden auf sich geladen hat — der darf sich in anständiger Gesellschaft kaum noch blicken lassen.

Steiflein (kommt zurück. tritt an den Tisch unter der Linde, setzt sich, zieht eine kleine Pappschachtel vor und öffnet den Deckel.)

Lydia. Es hat doch etwas Rührendes bei aller Lächerlichkeit. Wirklich? Um so dringender erfordert der Trieb der Selbsterhaltung, die Rührung fortzulachen. Nicht zum zweiten Mal, du stolzes Herz, eine Täuschung und Enttäuschung! — Ach Herr Steiflein! Was betreiben Sie denn da?

Steiflein (bei Seite.) Sie verfolgt mich förmlich. (Laut) Mein bestes Fräulein, ich habe ein paar verspätete Maikäfer aufgefunden und eingefangen. Meine Absicht ist, sie zu unterrichten —

Lydia. Die Maikäfer?

Steiflein. Ja, weil mir doch meine andern Zöglinge untreu geworden sind. Ich halte diese untergeordneten Thiere für bildungsfähig. Man kann durch Klopfen ihre Aufmerksamkeit erregen, sie sind nicht ohne Neugierde und wissen sich zu verstellen, um für todt zu gelten. Anlagen sind also vorhanden; bei der richtigen Erziehung, sollte ich meinen —

Lydia. Das nenne ich einen enragirten Pädagogen. Können Sie nicht eine Gouvernante für die hoffnungsvollen Kleinen brauchen?

Steiflein. Es ist mein Ernst, Fräulein!

Lydia. Der meinige auch! Man muß experimentiren. Beobachten Sie einmal genau, welchen Eindruck auf diese ziemlich stumpfsinnigen Geschöpfe zum Beispiel Verse hervorbringen, wie die folgenden: (liest von dem Blatte in ihrer Hand.)

Wenn früh am Morgen aufgeht die Sonne,
Wachen auch auf meine Schmerzen.
Schmerzen der Liebe sind Wonne
Meinem verkümmerten Herzen!

Dr. Stich (in der Laube.) Abscheulich!
Lydia. Nun? Was thun die Maikäfer?
Steiflein. Sie stellen sich todt.
Lydia. Das zeigt von mehr Intelligenz, als man ihnen zutrauen durfte. Aber es soll ihnen nichts helfen. (Liest.)
Erst in dem nächtlichen Schauer
Werden die Träume kühner:
Wäre mein Himmel doch blauer,
Wär' meine Hoffnung doch grüner!
Wie wirken diese Verse?
Steiflein (bei Seite.) Sollten sie an mich gerichtet sein?
Lydia. Keine Regung des Gefühls? Noch immer scheintodt?
Steiflein. Die Käfer?
Lydia (sehr energisch) Wohlan: den dritten!
Steiflein. Sie fliegen fort. Halt, halt, Bursche! (Steht auf.)
Lydia. Diese Drohung ertragen sie nicht — ha, ha, ha!
Steiflein. Ich eile nach — (bei Seite) um nur fortzukommen. Was soll daraus werden? (Ab nach rechts hinter das Haus, als ob er den vor ihm fliegenden Käfern folgte.)
Dr. Stich (vortretend.) Mein Fräulein!
Lydia. Richtig, da ist er! Die Beschwörung half.
Dr. Stich. Es scheint mir, daß Sie sich über mich lustig machen.
Lydia. Es scheint mir, daß Sie mich für die Prinzessin halten, die nicht lachen konnte. Sie wissen doch? Der besorgte König, ihr Vater, schrieb eine Concurrenz aus: wer sie zum Lachen bringen würde, der . . .
Dr. Stich. Sollte die Hand der Prinzessin zum Lohn erhalten.
Lydia. So ähnlich.
Dr. Stich. Haben Sie gelacht, Prinzessin?
Lydia. Ich?
Dr. Stich. Ja, über meine Verse.
Lydia. Mein Vater ist glücklicher Weise kein besorgter König.
Dr. Stich. Das gilt nicht. Sie sollen das Lachen frei haben, aber mir meinen Lohn nicht vorenthalten.
Lydia. Habe ich etwas versprochen?
Dr. Stich. Lydia —!
Lydia. Herr Doctor —?

Dr. Stich. Scherz bei Seite —
Lydia. Um Himmelswillen! Dann fliege ich fort, wie die Maikäfer.
Dr. Stich. Stellen Sie sich lieber todt, aber hören Sie zu. Ich will in der verständigsten Prosa sprechen.
Lydia. Als Staatsmensch?
Dr. Stich. Als Mensch im Allgemeinen. Verstecken Sie sich, wie Sie wollen; auch Sie zahlen der Luftveränderung Ihren Tribut.
Lydia. Wie das?
Dr. Stich. Ich sah Sie gestern bei meiner Schwester — in der Küche.
Lydia. Auch da waren Sie in der Nähe?
Dr. Stich. Ich ging gerade zufällig nach meinem Zimmer hinauf.
Lydia. Zufällig.
Dr. Stich. Ganz zufällig. Sollten Sie die Absicht haben, sich für gewisse Eventualitäten die edle Kochkunst anzueignen?
Lydia. Gewiß. Ich beabsichtige, Vorsteherin der Volksküche zu werden, für die Sie so eifrig plaidiren, um mich als alte Jungfer der Gesellschaft nützlich zu machen.
Dr. Stich. Ich werde dann fortan in der Volksküche diniren.
Lydia. Sparen Sie immerhin für die lachenden Erben.

Fünfter Auftritt.

Die Vorigen. Gundula von links aus dem Hause.

Gundula. Liebe Lydia —!
Lydia. Tantchen?
Gundula. Du hast mich um eine Handarbeit gebeten. Ich bringe Dir hier Emma's arg vernachlässigtes Strickzeug.
Dr. Stich. Ach!
Lydia (geärgert.) Thut Ihnen etwas weh?
Dr. Stich. Es war im Gegentheil ein Aufschrei des Entzückens.
Gundula. Aber die Baumwolle ist noch nicht gewickelt. Das wäre gleich eine hübsche Arbeit —
Lydia. Für Dr. Arminius Stich.
Dr. Stich. Für mich?

— 47 —

Lydia. Kommen Sie, machen Sie sich verdient um's Vaterland. (Stellt unter der Linde zwei Stühle mit den Lehnen gegen einander, legt die Baumwolle darüber und reicht ihm den Faden.) So, nun umkreisen Sie diese Stühle, immer wickelnd, immer wickelnd. Sie wissen doch wie man's macht?

Dr. Stich (zögernd.) Ich bin wirklich ein zu alter Knabe —

Lydia (zärtlich) Für mich, Herr Doctor —? „Wär' meine Hoffnung doch grüner —!" Ah! Herr von Möller. Der kommt gerade zur rechten Zeit.

Sechster Auftritt.

Die Vorigen. Herr von Möller von der Mitte her.

Dr. Stich (bei Seite.) Der fehlte gerade.

Möller. Entschuldigen Sie die Dreistigkeit meine Damen . . aber mein Vetter . . (immer sehr verlegen.) Weßhalb ich mir eigentlich die Freiheit nahm, Sie zu belästigen — mein Vetter wird auf dem Gut schmerzlich vermißt; die unaufschiebbarsten Arbeiten . . . hm, hm — Fräulein Emma dürfte Urlaub zu ertheilen vielleicht geneigter . . . das heißt immer —!

Gundula (lachend.) Schon gut, schon gut. Wenn nicht alle Zeichen trügen . . .

Lydia (auf die Baumwolle deutend.) Sie wollen also wirklich nicht, Herr Doctor?

Dr. Stich. Ach, ich bitte Sie — es kann doch nicht Ihr Ernst —

Lydia. Wie dürfen Sie zweifeln?

Dr. Stich. In seiner Gegenwart —

Lydia. Wie Sie wollen. (Sich zu Herrn v. Möller wendend, der schweigend seine Cigarre pafft.) Woran denken Sie, Herr von Möller?

Möller (aufschreckend.) In diesem Augenblick wirklich — an Nichts.

Lydia. Dann würde es Sie vielleicht auch nicht stören, mir diese Baumwolle zu halten, die durchaus gewickelt werden muß.

Möller (die Cigarre fortwerfend.) O — nicht im mindesten. Ich liebe dergleichen mechanische Arbeiten, bei denen... Ich bitte sehr.

Lydia (nimmt die Baumwolle von den Stühlen und legt ihm dieselbe über die Hände.) Wenn Sie also die Güte haben wollen —

Dr. Stich (zuspringend.) Erlauben Sie! Wenn Herr von Möller — (will die Baumwolle nehmen.)
Möller (sucht sich ihm zu entziehen.)
Lydia. Bitte, bitte; lassen Sie ihm doch das Vergnügen, mir einen kleinen Liebesdienst zu erweisen.
Möller (giebt seine Zustimmung zu erkennen.)
Dr. Stich. Ich war zuerst aufgefordert.
Lydia. Hier entscheidet das Zuletzt. Nicht so, Herr von Möller?
Möller (nicht eifrig.)
Dr. Stich. Nein, es schickt sich wirklich besser für mich, den Hausfreund —
Lydia. Warum soll sich nicht auch der Gast nützlich machen?
Dr. Stich (sucht Möller die Baumwolle abzunehmen.) Ich bitte sehr —
Möller. Ich bitte sehr —
Lydia. Aber, meine Herren, zerreißen Sie nicht die Baumwolle! (Zu Stich.) Sie fürchteten ja, sich lächerlich zu machen?
Dr. Stich. Auf die Gefahr hin! Es ist jetzt eine Ehrensache für mich —
Möller. Nein! für mich!
Lydia. Hören Sie einen Vermittelungsvorschlag an. Zum Wickeln gehören ja zwei. Herr von Möller behält also was er hat, und Herr Dr. Stich — da! führt den Faden. So! nun an die Arbeit; setzen Sie die Maschine in Bewegung.
Gundula. Thut mir den Gefallen und geht mit eurer Wickelei in's Haus. Mein Alter hat da schon wieder Heimlichkeiten mit dem Bauer. Es ist überhaupt nicht richtig mit ihm — ich muß einmal aufpassen.
Lydia, Dr. Stich und Möller (ab nach links.)

Siebenter Auftritt.

Gundula, Hartig und Peter Grund von links.

Hartig (immer heimlich.) Nun? Habt Ihr's Euch überlegt? Ist's so, wie ich's sage?
Grund (kratzt den Kopf.) Ja wohl, bester Herr Justizrath, richtig ist's schon: Die Grete Karst hat hinter dem Torfbruch ein Bissel über die Grenze gepflügt.

Hartig. Ein Bissel! Hört einmal, daß ist mit den Jahren ein hübsches Stück geworden.

Grund. Ja — ja! Das schon.

Hartig (eifrig.) Nach der alten Karte läuft die Grenze schnurgerade auf die Waldecke aus. Nun kuckt selbst, wie sie Euch links i'ns Feld schneidet. Ein paar Scheffel Aussaat sind am Ende keine Kleinigkeit.

Grund. Ich meinte nur, bester Herr Justizrath, weil wir so viele Jahre in Frieden —

Hartig. Ja, da ist leicht Frieden halten, wenn der eine Theil sich alles gefallen läßt. S' wär' ein Spaß, Euch die richtige Grenze auszuprozessen.

Grund. I nun! Die Kinder bringen's ja doch zusammen, denk' ich so —

Hartig. Und die Kindeskinder bringen's wieder auseinander. Dann ist der Anspruch vielleicht verjährt, die Zeugen sind gestorben ... Ja! thut doch, was Ihr wollt; ich rathe freundschaftlich.

Grund. Es hat mich schon lange geärgert, das ist wahr. Am Ende wär' mir's nicht um das Stückel Land, aber wenn man's Recht hat —

Gundula. Was verhandelst Du denn da so eifrig, Alter?

Hartig. Nichts, nichts.

Grund. S' ist nur wegen meiner Grenzen, Frau Justizräthin —

Hartig. St!

Gundula (mit dem Finger drohend.) Alter, ich merke was.

Hartig (ärgerlich.) Was? Was?

Gundula. Du hast großen Appetit auf einen Prozeß, und wär's auch nur ein ganz kleiner, den Du zu Hause zu den unleidlichen Bagatellen zählst.

Hartig. Dummes Zeug!

Gundula. Die Katze läßt das Mausen nicht.

Hartig. Ach! es ist ja im Guten fertig zu werden.

Grund. Wenn Sie das meinen, Herr Justizrath —

Hartig (bei Seite zu ihm.) Nehmt ein paar Stangen mit und geht voraus auf's Feld; wir wolln einmal die richtige Grenze abvisiren. Nur um zu sehn, ob's lohnt.

Grund. Das kann sie ja nicht so groß übel nehmen. Ich hol' die Stangen. (Ab nach links.)

Gundula (zu ihm tretend.) Laß doch die Bauersleute in Ruhe, Alter.

Hartig. Kampf um's Recht! Das verstehst Du nicht.

Gundula. Zank um nichts! Das versteh' ich wohl.

Hartig. Die Weiber zanken um nichts. Kommt bei uns nicht vor.

Gundula. Nu — nu!

Hartig. Nämlich?

Gundula. Man rühmt den Advokaten nicht gerade die Friedfertigkeit nach.

Hartig. Hast Du unter meiner Streitsucht zu leiden gehabt?

Gundula (achselzuckend.) Ich —!.

Hartig. Also!

Gundula. Du bist verdrießlich.

Hartig (ärgerlich.) Ach, ich wollte — ich säße in meinem Büreau —! (sich besinnend) das heißt nach vierzehn Tagen. — Ihr seid auch allesammt so entsetzlich prosaische Naturen. (Ab nach der Mitte.)

Gundula. Nun haben wir natürlich Schuld, daß auf dem Lande die Bäume statt der Blätter nicht Aktenfolien tragen! Er wird von Tag zu Tage unleidlicher mit seiner üblen Laune. Bei nächster Gelegenheit will ich ihm doch ganz gründlich den Text lesen! (Ab nach links in's Haus.)

Achter Auftritt.

Goldinger und Rosa, ein kleines Album in der Hand, aus dem Hause rechts.

Rosa. Papa, Du sollst doch nicht rechnen.

Goldinger (in einem kleinen Taschenbuche mit Bleifeder schreibend.) Sei still!

Rosa. Das war eine schöne Sentenz, die mir heute beim Aufwachen einfiel: Unser Lehrer steht uns zu hoch; wir können das Erhabene verehren, aber nicht lieben. — Und dann weiter: Das Herz weiß nicht von Rang und Stand. Wie schön sagt Schiller: „Raum ist in der kleinsten Hütte für ein glücklich liebend Paar." Ob Gottfried ahnt —? Er ist immer so freundlich und dabei so bescheiden. — Ich will mir ein stilles Plätzchen hinter der Scheune suchen, in der er arbeitet und alles in mein Tagebuch schreiben.

Goldinger. Sage doch der Wirthin, ich käme gleich.
Rosa. Ich möchte nur wissen, warum Herr v. Möller mich immer so ansieht? Gott! ist das ein merkwürdiger Mensch! (Ab.)

Goldinger (weiter schreibend.) Torfgrund acht Fuß tief — beste Qualität — Fläche vierzig Ar . . . circa vierzigtausend Quadratfuß . . . das mal acht . . . Jeder Kubikfuß circa zehn Torfziegel . . . eine respektable Zahl. Ab Herstellungskosten . . . Transport . . . bleibt für Grete Karst immer noch eine hübsche Revenue auf mindestens zwanzig Jahre. Will ihr doch gleich die detaillirte Berechnung . . . (Er reißt die Seite aus seinem Taschenbuche und schließt dasselbe mit der Bleifeder.) Erinnert doch einmal wieder an's Geschäft. Eine wahre Erquickung! (Will sich entfernen.)

Neunter Auftritt.

Goldinger. Agnes aus dem Hause rechts. Sie hat einen Kalender in der Hand. Später Dr. Stich, Möller und Lydia aus dem Hause links.

Agnes. Gehst Du schon wieder?
Goldinger. In Geschäften, liebes Kind.
Agnes. Hier auf dem Lande? Du gefällst mir gar nicht, Goldinger.
Goldinger. Wenn ich aufrichtig sein soll — Du gefällst mir auch nicht, Agnes.
Agnes. Es scheint so! Die Wittwe Karst gefällt Dir wohl besser? Was hast Du denn immer heimlich mit ihr zu verhandeln?
Goldinger. Neschen, Du erlaubst Dir gegen mich einen Ton —
Agnes. Den Deine Nachlässigkeit verdient. Unterhalte mich! —
Goldinger. Das hat seine Schwierigkeiten.
Agnes. Ich weiß diesen Bauernkalender schon auswendig.
Goldinger. auch sämmtliche Markttage?
Agnes. Spotte noch! (Herausfordernd) Wenn Du Herrn Steiflein siehst, schicke ihn mir doch her.
Goldinger. Herrn Steiflein?
Agnes. Er entwickelt gesellschaftliche Talente, die man ihm in der Stadt nicht zugetraut hätte und die alle Aufmunterung verdienen.

Goldinger. So —?

Agnes. Mindestens wird er mich so gut unterhalten, als Dich unsere liebenswürdige Wirthin.

Goldinger. Aber Närrchen —

Agnes. Thu', was ich Dir sage.

Goldinger. Ich glaube wahrhaftig, sie will zur Abwechselung eine Komödie mit mir spielen und Steifleín darin eine Rolle anweisen. Nun, den Spaß kann ich ihr ja machen. (Ab hinter das Haus rechts.)

Dr. Stich (aus der Thür links, ärgerlich.) Nun aber ist der Zottel unheilbar — das kommt von dem Plaudern.

Möller. Ja, das Fräulein ist so äußerst — liebenswürdig . . . (sieht Lydia verliebt an.)

Dr. Stich (wirft das Knäuel fort.) Ich spiele nicht weiter mit. So etwas ist denn doch selbst in dieser Schäferidille mit der männlichen Würde unvereinbar.

Möller (hebt das Knäuel auf und reicht es Lydia) Wenn Sie selbst die Güte haben wollen . . .

Lydia. Genug, meine Herren, genug!

Dr. Stich. Gott sei Dank!

Lydia. Die Tante wird sich über ihre Baumwolle wundern.

Möller (besichtigt den Baumstamm, schabt mit einem Messer etwas Moos vom Stamm, und betrachtet dasselbe mit einer Lupe)

Dr. Stich (unterhält) Lydia.

Zehnter Auftritt.

Die Vorigen. Egbert und Emma aus der Mitte; sie gehen eine Strecke von einander entfernt beide langsam nach dem Vordergrunde.

Emma (weinerlich. Nun sind wir zu Hause. Ich bin doch begierig, ob er jetzt ein Wort sprechen wird.

Egbert (mit gesenktem Kopf, ärgerlich nach der andern Seite) Ich glaube, sie geht in's Haus, ohne Abschied von mir zu nehmen.

Emma. Diese Verstocktheit!

Egbert. Dieser Eigensinn!

Emma (bleibt stehn.) Wahrhaftig, er bleibt ganz stumm.

Egbert (bleibt stehn.) Wenn sie mir nicht ein gutes Wort giebt, sehen wir uns drei Tage lang nicht!

Emma. Sich so im liebsten Menschen zu täuschen!

Egbert (nähert sich dem Zelte) Eine wahre Liebesquälerei!

Agnes. Sind Sie's, Herr Steiflein? (Egbert erblickend.) Ach — Sie, Herr von Rhoden!

Egbert. Bitte tausend Mal um Entschuldigung, wenn ich störte. (Entfernt sich eiligst.)

Agnes. Nicht im Mindesten. — Wenn er nur einträte! Hier nimmt man selbst mit einem Bräutigam vorlieb.

Lydia (den Arm um Emma's Schulter legend.) Hast Du Kummer, Kind?

Emma (weinend.) Ach, ich kann's nicht länger bergen. Selbst ein Herz von Stein wie das Deinige, muß ja Mitleid mit mir haben.

Lydia. Ach, Kind, es giebt vulkanische Gewalten, die solche Steinherzen zum Schmelzen bringen.

Emma. Ich bin die Zärtlichkeit selbst und er erfriert zu einem Eiszapfen.

Lydia (mitleidig.) Bei der Hitze — das ist arg.

Emma. Wie ich mich auf dieses Landvergnügen gefreut habe, und nun ... Ich will der Mutter klagen, so kann's nicht bleiben.

Lydia. Klag's lieber mir, Kind. (zieht sie fort.) Komm!

Emma (schluchzend.) Lieber — gar keinen Mann — als einen so — langweiligen ...

Lydia und Emma (links ab.)

Dr. Stich. Was giebt's denn, Egbert?

Egbert. Ach! da hört denn doch die Gemüthlichkeit auf. Ich bin gewiß nachgiebig, aber nichts als Bräutigam sein, das halt' ich doch nicht aus.

Dr. Stich (streichelt ihn.) Nu — nu! Hübsch ruhig — artig ...

Egbert. Du hast gut reden. Freue dich, daß du hier nicht verlobt bist.

Dr. Stich. Ja, da wird keiner durch den andern klug (Faßt ihn unter.)

Egbert. Du sollst sehen, dieser verwünschte Laubaufenthalt bringt die Partie noch auseinander.

Dr. Stich (zieht ihn fort.) Ah bah! laß Dir vernünftig zureden. Komm — rauchen wir eine gute Cigarre.

Egbert. Das ist freilich ein Gedanke! — Ich begreife nicht, wie man so ungemüthlich ...

Möller. Wenn Deine Braut nichts von Dir wissen will, lieber Vettter —

Egbert. Du hier?

Möller. Man erwartet Dich auf dem Gut.
Egbert. Ach! mag Alles zum Teufel gehn! Ich bin in einer Stimmung — Mir ist Alles gleich!
Möller, Dr. Stich und **Egbert** (ab nach rechts.)

Elfter Auftritt.

Agnes im Zelt. Steiflein schleicht heran.

Steiflein. Sie wünscht mich zu sprechen — sie wünscht von mir unterhalten zu werden — — sehr ängstlich! Und der Herr Gemahl sagte das mit so einer Miene ... Eine schöne Frau ist sie; und es duftet immer so verführerisch in ihrer Nähe — so ätherlich. Gott! warum hat ein alter Hauslehrer fünf Sinne, wie ein anderes menschliches Geschöpf? Aber ich will mich bezwingen — ich will gar nichts sehen, nichts vermuthen — ich will jungfräulich intact —
Agnes. Herr Steiflein?
Steiflein. Ach, im Zelt. Wie mir das Herz schlägt. Ich will mir zu meiner Beruhigung im Stillen die Genusregeln aufsagen: (Murmelnd):
Die Männer, Völker, Flüsse, Wind'
Und Monat' masculina sind ...
Agnes Treten Sie doch näher.
Steiflein (nähert sich.) Meine verehrte gnädige Frau — (murmelnd)
Die Weiber, Bäume, Städte, Land
Und Inseln weiblich sind benannt.
Agnes. Ich bitte, setzen Sie sich zu mir.
Steiflein. Wenn Sie gütigst erlauben — (murmelnd)
Was man nicht decliniren kann,
Das sieht man als ein neutrum an ...
Agnes (wirft das Buch auf den Tisch.) Die Kalendergeschichten sind furchtbar simpel. Erzählen Sie mir etwas.
Steiflein. Aus der römischen Geschichte?
Agnes. Etwas Pikantes. Aus Ihrem Leben zum Beispiel.
Steiflein. Aus meinem — Leben? Ach, ich habe gar nichts erlebt, gnädige Frau (murmelnd)
Die Wörter auf do, go, io,
Sind feminina, auch caro ...

Agnes (bei Seite.) Seine Verlegenheit ist reizend. (Laut.) Sie sollten nichts erlebt haben und — sind ein Mann?

Steiflein. Ich? Nein wirklich nicht, gnädige Frau — ich nicht (murmelnd.)
                Die a, e, c,
                Die l, n, t,
                Die ar, ur, us
                Sind neutrius . . .

Agnes. Beichten Sie einmal einer Freundin. Haben Sie nie geliebt?

Steiflein (trocknet mit dem Tuch die Stirn.) Geliebt?

Agnes. Vielleicht über Ihren Stand — unglücklich — ohne Hoffnung —?

Steiflein. Als Student einmal — eines Barbiers Tochter . . . Ach! es ist nicht der Rede werth.

Agnes. Und später?

Steiflein. Da habe ich gar keine Zeit dazu gehabt.

Agnes (lachend.) Sie sind auch gar zu pflichttreu.

Steiflein. Das muß man schon, wenn man arm ist und ein Bischen — bequem.

Agnes (rückt näher.) Wie das?

Steiflein (rückt ab.) Mir macht immer alles gleich Unruhe — Beängstigung — Gewissensskrupel, was nicht ganz in Ordnung ist. (Murmelt.) Viele Wörter sind auf is — masculini generis . . .

Agnes. Zum Beispiel —?

Steiflein. Zum Beispiel . . . wenn ich je das Unglück — das Glück hätte, von einer verheiratheten Frau geliebt zu werden — es wäre mir sehr — unbequem.

Agnes (lachend.) Wirklich? Sie befürchten doch nicht etwa in die Lage zu kommen?

Steiflein (aufstehend.) Ach, Gott bewahre! (Murmelt.) Ignis, lapis, pulvis, cinis . . .

Agnes. Spielen wir eine Partie Schach?

Steiflein. Wie Sie befehlen, gnädige Frau.

Agnes. Es ist sonst nicht meine Passion. Aber was hat man hier anders?

Steiflein. Ja, was hat man hier anders?

Agnes (steht auf.) Im Zimmer, wenn es Ihnen recht ist.

Steiflein (erschreckt.) Im Zimmer?

Agnes. Die Abendluft ist für meine Nerven zu angreifend. — Ihren Arm lieber Steiflein.

Steiflein (in äußerster Verlegenheit.) Ihren Arm, lieber .. Ach so — meinen ... Ich bitte — Reicht ihr erst den unrichtigen Arm.) Ach so —! (Im Abgehen murmelnd) vermis, torris, cucumis ... ich bitte ... (verzweifelt) atque mugilis ...

Agnes und Steiflein (ab in's Haus rechts.)

Zwölfter Auftritt.

Gottfried. Liesel aus der Mitte.

Liesel. Treff' ich Dich noch einmal mit dem Fräulein hinter der Scheune, so ist's aus mit uns.

Gottfried. Aber ich muß doch Red' und Antwort stehen, wenn das Fräulein mich etwas fragt.

Liesel. Das Fräulein hat Dich nichts zu fragen. Dafür bin ich da. Es schickt sich nicht —

Gottfried. Ach, thu' doch nicht so! Du bist auch die rechte.

Liesel. Sieh mal! Was für eine rechte?

Gottfried. Die rechte Scheinheilige gerad heraus. Hab' ich dich nicht im Garten hinter dem Flieder mit dem Herrn Justizrath gesehen?

Liesel. Was weiter? Der ist ein alter Mann.

Gottfried. Und das Fräulein ist ein Kind.

Liesel. Aus Kindern werden Leute. Und wenn Du Dir erst hast Raupen in den Kopf setzen lassen, so fliegen auch bald Schmetterlinge aus.

Gottfried. Was hat er Dir so heimlich zugesteckt?

Liesel. Das geht Keinen was an.

Gottfried. Auch mich nicht?

Liesel. Auch Dich nicht.

Dreizehnter Auftritt.

Die Vorigen. Emil kommt hinter dem Hause rechts mit einem kleinen Album in der Hand hervor und läuft über die Bühne. Rosa folgt ihm ebenso eilig.

Emil. Ha, ha, ha! Das soll die Mama sehen!
Rosa. Emil! gieb mir mein Tagebuch!
Emil. Die Mama soll es lesen.

Rosa (sucht ihn zu haschen.) Ich werde Dir ernstlich böse.
Emil. Schadet nichts. Das vom Herrn Gottfried ist zu possirlich. Ha, ha, ha!
Rosa. Emil!
Emil. Komm nur gleich mit! Ich danke für den Schwager. (Ab in's Haus rechts.)
Rosa (ihm nach.) Du sollst aber nicht, dummer Junge . . . (Ab.)
Gottfried. Liesel!
Liesel. Geh' doch!
Gottfried. Ich geh' schon.

Vierzehnter Auftritt.

(Es dämmert.)

Die Vorigen. Hartig aus der Mitte.

Liesel. Du gehst ja noch nicht.
Gottfried (Hartig bemerkend.) Nein, nun bleib' ich.
Hartig. Helfen Sie Ihrem Vater die Stangen vom Felde zurücktragen, Gottfried.
Gottfried. Hat's solche Eile?
Hartig. Gewiß, er ist schon unterwegs.
Gottfried. Komm mit, Liesel.
Liesel. Nein.
Gottfried. Gut! S' soll Dir leid thun. (Ab.)
Hartig (sich nach allen Seiten umschauend und dann näher tretend. Heimlich.) Nun, Liesel, hast Du meinen Brief besorgt?
Liesel. Ich hab' ihn selbst nach dem Marktflecken eine Stunde von hier gebracht, wo die Post ist. Der Gottfried wollte durchaus wissen . . . (sie sprechen leise weiter, indem Hartig sie nach der Laube führt.)

Fünfzehnter Auftritt.

Die Vorigen. Goldinger von der Mitte her, Gunbula aus dem Hause links.

Goldinger (schleicht am Hause hin nach dem Zelt, sieht um die Ecke hinein, findet es leer und wendet sich dann nach dem Fenster.)
Gundula. Ob sie denn Alle heut keinen Hunger haben? Mein Mann und die Liesel? So heimlich? Was giebts da?
Hartig (immer flüsternd.) Und die Schreibematerialien?

Liesel. Hier ist ein Fläschchen Tinte — hier Stahlfedern —

Hartig (versteckt die Sachen eilig.) Gut, gut! Gott sei Dank — endlich wieder Feder und Tinte! Und das Papier?

Liesel. Es war dem Krämer ausgegangen. Aber morgen bring' ich's.

Hartig (etwas lauter.) Bist ein Prachtmädel!

Gundula. Prachtmädel! So — so!

Liesel. Na — s' geschieht gern.

Gundula. Wirklich?

Hartig. Ich will Dir beim Gottfried den schönsten Kuß bestellen —

Gundula. Einen Kuß? Nun wird's Zeit.

Goldinger (klopft heftig an's Fenster rechts.)

Hartig (erschreckt.) Was giebt's?

Gundula (tritt vor.) Das möcht' ich wohl auch wissen.

Hartig. Gundula! (Zu Liesel.) Still — nichts verrathen.

Liesel. Die Frau Rath —!

Goldinger. Meine Frau und Steiflein — Das war ein Schreck! Wartet! (Ab in's Haus rechts.)

Gundula. Kommt doch einmal heraus! Was treibt ihr denn da für Heimlichkeiten — was?

Hartig (schmunzelnd.) Ach, Heimlichkeiten! Was für Heimlichkeiten?

Gundula. Das frag' ich eben. Ein Prachtmädel —! Sieh' doch, Alter!

Hartig. Wer hat das gesagt?

Gundula. Und einen Kuß —

Hartig. Du glaubst doch nicht, Gundula . . . ha, ha, ha!

Gundula. Was ich mit eigenen Ohren höre.

Hartig. Ich —!! Nun wird's zu bunt!

Gundula. Das hätte ich Dir im ganzen Leben nicht zugetraut — das nicht.

Hartig. Was? Was? Was? Gundula —! (Aergerlich.) Da soll doch das Kreuzdonnerwetter . . .

Gundula. So vertheidige Dich doch, wenn du kannst.

Hartig. Auf so etwas? Daß ich ein Narr wäre. (Bei Seite.) Das ist mir wahrhaftig in der Praxis noch nicht vorgekommen —: meine Frau eifersüchtig, und gleich ordentlich!

Gundula. Das ist wohl auch die Wirkung der frischen Luft? Ach, daß wir doch —

Hartig (ärgerlich.) Zu Hause geblieben wären — ja, ja, ja! Mit euch Weibern so etwas unternehmen —!
Gundula. Freilich, da ist die Frau im Wege.
Hartig (wild) Hör' mal, Alte —! (Sucht sich zur Geduld zu zwingen.) Gundelchen —
Gundula (setzt sich in die Laube und stützt den Kopf auf.) Geh' mir aus den Augen! Ich lasse mich schelden.
Hartig (trotzig.) Nu — meinetwegen!

Sechszehnter Auftritt.

Die Vorigen. Goldinger, Agnes, Steislein, Rosa aus dem Hause rechts. Bald darauf Peter Grund (mit Stangen), Grete Karst und Gottfried aus der Mitte, Lydia und Emma, Dr. Stich, Egbert und Möller von rechts und links.

Agnes. Diese Rücksichtslosigkeit gegen meine schwachen Nerven — unerhört!
Goldinger (bei Seite.) Nun lebt sie auf. (Laut.) Ei, schwache Nerven! So etwas geduldig ansehen —
Agnes. Du bist närrisch!
Goldinger (bei Seite) Das giebt eine hübsche Emotion.
Steistein (zieht sein Taschentuch vor und hält es vor die Nase.) Ich bekomme plötzlich starkes Nasenbluten — (eilig ab.)
Agnes. Da, Rosa's Tagebuch! Die Mutter und der Lehrer sahen es mit Entrüstung durch. (Giebt ihm das Buch.) Lies doch selbst. — O, diese unselige Idee, auf's Land zu ziehen! Wir verbauern. (Setzt sich schmollend in's Zelt.)
(Lärm hinter der Scene.)
Grete. Die Stangen werden confiscirt!
Grund. Die Stangen gehören mir.
Grete. Willst Du falsche Grenzen machen? Komm' mir an!
Grund. Du hast alle die Jahre übergepflügt.
Grete. Auch nicht baumenbreit!
Grund. Herr Justizrath, hören Sie doch! Die richtige Grenze schneidet den Torfbruch.
Grete. Herr Goldinger, hören Sie doch — meinen Torfbruch, mein Goldland!
Grund. Herr Justizrath —
Grete. Herr Goldinger —
Hartig und Goldinger. Laßt mich zufrieden!

Gottfried (nähert sich Liesel.)
Grete. Liesel — kommst her!
Liesel. Ist mir auch recht, Mutter.
Emma (zu Gundula in der Laube.) Aber was fehlt Dir denn, Mama?
Lydia (zu Agnes im Zelt.) Was ist denn vorgefallen?
Gundula (steht auf.) Ich bin entschlossen.
Agnes (steht auf.) Diese Kränkung — diese Beleidigung.
Hartig. Gundelchen, sei klug — es ist ja Unsinn —
Goldinger (der in dem Tagebuch gelesen hat.) Das ist allerdings nicht übel. Rosa bildet sich. Komm doch einmal her, Du Unband. (Zupft Rosa beim Ohr.)
Rosa. Au, Papa! Was kann ich denn dafür, daß Herr von Schiller so etwas Dummes gedichtet hat?
Gundula. Ich sage, ich bin entschlossen. Wir trennen uns. (Eilt hinüber.) Agnes, nimm mich bei Dir auf!
Goldinger. Bei uns? Aber wo soll ich —?
Agnes. Du kannst ja drüben bei Hartig —
Goldinger. Was? Ich soll ausquartirt werden?
Dr. Stich. Fern von Madrid darüber nachzudenken.
Goldinger (faßt ihn unter.) Gut! wir gehen. (Sie treten nach links hinüber, wo nun sämmtliche Männer: Hartig, Goldinger, Dr. Stich, Egbert, Grund und Gottfried stehen.)
Hartig. Die reine Frauenverschwörung!
Gundula. Halten wir Frauen zusammen!
Lydia. Krieg in dem friedlichen Zweihaus?
Dr. Stich. Hie Welf — hie Waibling!
Alle. Krieg — Krieg — Krieg!
(Die Frauen auf der einen Seite, die Männer auf der andern machen einander drohende Geberden.)
Egbert (zu Möller.) Was sagst Du zu dem Allen, Vetter?
Möller (der mit steigender Verwunderung zugehört hat.) Ich...? (Aeußerst verlegen und ängstlich.) Ich — räume das Feld.
(Er wendet sich zum Gehn und stolpert über einen Stuhl.)

(Der Vorhang fällt.)

Vierter Akt.

Dieselbe Dekoration. Morgen.

Erster Auftritt.

Schon bevor der Vorhang aufgeht, hört man hinter demselben hämmern, als ob Nägel eingeschlagen werden. Peter Grund, Gottfried (links), Grete Karst und Christoph (rechts) sind damit beschäftigt, einen Staketenzaun als Scheidegrenze zwischen beiden Häusern (vom Hintergrunde nach dem Vorhang zu) aufzurichten. Derselbe ist beinahe fertig. Die Arbeit des Nägeleinschlagens geht noch eine Weile fort. Liesel sitzt rechts allein auf einem Holzklotz, das Gesicht in die Hände gestützt. Links an der Linde Jacob, eine Klopfpeitsche in der Hand, müßig. Herrenkleider liegen unordentlich auf dem Tisch. Dr. Stich am Fenster links.

Jacob (kreuzt die Arme über der Brust.) Was doch daraus noch werden wird? Die sind ja plötzlich über Nacht wie Katze und Hund mit einander. Der eine schlägt vor Sonnenaufgang ein paar Grenzpfähle ein, der andere fängt gleich an, einen Zaun zu bauen. Das ist dem ersten auch ganz recht, und er hilft wacker dazu. Drei Stunden lang hämmern sie, daß Todte erwachen müssen, und da steht nun das Ding. Das Tollste ist, daß die Herrschaften einander auch spinnefeind sind — weiß Gott, warum? Da die Herren — da die Damen, und nun der Zaun inzwischen — eine charmante Situation. Nützen wir sie nach Kräften. (Spaziert herum und pfeift, von Zeit zu Zeit im Vorbeigehen auf die Kleider schlagend, ohne sie vom Tisch zu nehmen.)

Gottfried (schüchtern.) Mutter Karst —
Grete. Was willst?
Gottfried. Seid ihr denn im Ernst so schlimm?
Grete. Na — zum Spaß doch nicht?

Gottfried. Redet der Liesel in's Gewissen.
Grete. Das werd' ich bleiben lassen. Wir brauchen euch Processer nicht.
Gottfried. Ihr sollt die jetzige Grenze behalten, wenn ich das Grundstück hab'.
Grete. Versteht sich! S' ist die richtige Grenze.
Gottfried. I nun —
Grund (barsch.) Gottfried!
Gottfried. Vater —?
Grund. Thu' Deine Arbeit und halt's Maul. Die Karst's sind uns zu vornehm mit ihrer — Torffabrik. Sie werden auf einen Torfgrafen warten — ha, ha, ha!
Grete. Und Du wirst Dein Hab und Gut verprocessen. Na — ihr habt's ja dazu. Verschreibt doch lieber gleich euer Haus dem Herrn Justizrath!
Grund. Giebt der Herr Goldinger euch das Capital auf Hypothek — was?
Grete. Das kümmert Euch nicht. Aber paßt auf eure Hühner auf; fliegen die mir über, so werden sie gepfändet.
Gottfried. Hetzt nicht, Vater. S' kommt nichts Gut's dabei heraus.
Grund. Soll auch nicht. (Sie arbeiten weiter.)
Dr. Stich (aus dem Fenster.) Jacob!
Jacob. Ja, rufe Du nur. (Pfeift.)
Dr. Stich (lauter.) Jacob — Jacob!
Jacob. Wir hören bei diesem Hämmern nichts.
Dr. Stich. Heiliges Kreuzdonnerwetter, meine Kleider! Hat denn der Mensch keine Ohren?
Jacob. Der Mensch — auch gut —! Wir Menschen sind ja alle Brüder . . .
Christoph (über den Zaun hin) Der Herr ruft.
Jacob. Er stärkt seine Lunge — kann ihm zum Redenhalten nichts schaden. Nun paßt einmal auf, wie man's macht, guter Freund.
Christoph. Was, Sie wollen —?
Jacob. Streiken, mon ami. Die Zeit ist günstig.
Dr. Stich. Jacob — aber Jacob!
Jacob (sieht hinauf.) Herr Doctor —?
Dr. Stich. Die Kleider, sag' ich.
Jacob. Das Wetter? Nu, die Luft ist heute recht frisch; es muß in der Nähe gewittert haben.
Dr. Stich. Wer fragt danach? Meine Kleider!

Jacob. Ach so — die Kleider. Ja, die liegen auf dem Tisch — paßt mir heute nicht. Lohnsteigerung — Verminderung der Arbeitszeit ...

Dr. Stich. Was sind das für Redensarten, Jacob?

Jacob. J, die müssen der Herr Doctor doch kennen. Ich streike.

Dr. Stich. Was, zum Teufel —?

Jacob. Ich bin Ihnen in diesem Augenblick unentbehrlich. Erkennen Sie das an?

Dr. Stich. Macht keine faulen Witze, Mensch —

Jacob. Die Witze kommen von Ihnen, Herr Doctor, und faul zu sein ist ein angeborenes Menschenrecht.

Dr. Stich. Sie erhalten nichts zu essen, Jacob!

Jacob. Sie haben ja selbst nichts. (Zeigt auf das Haus rechts.) Dort wird gekocht.

Dr. Stich. Es ist zum Verzweifeln mit dem Kerl! (Wirft ihm einen Thaler herunter.) Liegt's daran?

Jacob (hebt das Geld auf.) Merci! Das war für die erste Woche.

Dr. Stich (wirft noch einen Thaler hinaus.) Nun aber schnell

Jacob. Für die zweite. Nun pränumerando —

Dr. Stich. Blutsauger! (Wirft noch einen Thaler hinab.) Ist der Streik beendigt?

Jacob. Bon! Das Trinkgeld bleibt vorbehalten. (Nimmt die Kleider auf. Zu Christoph:) Na? Was sagt Ihr? (Triumphirend ab nach links in's Haus.)

Christoph. Der versteht's aber! — Das will ich doch gleich mal nachmachen. (Legt den Hammer fort.) Der Peter Grund hat jetzt nichts mehr mitzureden und mit meiner Wirthin —

Grete. Nu, vorwärts! Da fehlt noch ein Nagel, Christoph.

Christoph. Ich streike.

Grete. Was thust?

Christoph. Gar nichts, ich streike. Eigentlich heißt's stricken.

Grete. Was soll das, dummer Hans?

Christoph. Mehr Lohn, Frau Wirthin! Ich rühr' keine Hand mehr für das Lumpengeld —

Grete. Du rührst keine Hand mehr? Na, warte! (Nimmt einen Strick von der Erde auf und haut auf ihn ein.) Ich werde dich stricken! Da, du Faulpelz, du Galgenvogel —

Christoph (schreit.) Au — au — au —!

Grete (treibt ihn vor sich her.) Da hast Du mehr Lohn — da — da — da —!

Christoph (schreiend ab.)

Grete (folgt ihm.)

Liesel. Das Fräulein hat gestern eine Stunde in der dunkeln Kammer sitzen müssen — vor der bin ich sicher. S' ist doch recht dumm, daß man sich über so etwas ärgert; werden kann ja doch nichts daraus. Aber thut er's hier, thut er's wo anders auch; er hat sich das so beim Militair angelernt, alle hübschen Mädchen anzukucken. Meinen Mann will ich für mich allein.

Gottfried (schleicht heran. Ueber den Zaun hin:) St! Liesel!

Liesel. Da ist er schon. Der hält's nicht lang' aus ohne mich.

Gottfried. Bist noch schlimm, Liesel?

Liesel. Ja.

Gottfried. Ich bin wieder ganz gut.

Liesel. Hast auch gar kein' Ursach' gehabt

Gottfried. Na — na, hör' mal ... (Nach einer Pause, da sie nicht antwortet.) Liesel!

Liesel (blinzelt durch die Finger der Hand, in die sie das Gesicht gestützt hat.) Laß mich in Ruhe.

Gottfried. Wegen dem dummen Zeug! Und so lang wir denken können, ist hier in Zweihaus Fried' und Einigkeit gewesen, und nun auf einmal —

Liesel. Traurig ist's.

Gottfried. Ja! 's ist traurig. — Komm her Liesel —

Liesel (langsam aufstehend.) Da ist doch nun der Zaun zwischen.

Gottfried. Der ist nicht hoch. Na — komm her!

Liesel (nähert sich ihm.) Willst abbitten?

Gottfried. Ja, ich bin nicht so.

Grund. He, Gottfried!

Gottfried (erschreckend.) Vater?

Grund. Daß Du mir da nicht wieder anbändelst! Erst wird unsre Sach' ausgemacht.

Liesel. Da hörst Du.

Gottfried. Wenn Du nur wieder ein freundlich's Gesicht zeigst! Kannst lachen, Liesel?
Liesel (lachend.) I nu —
Gottfried (ihr zunickend.) Ich komme schon, Vater.
Grund und Gottfried (ab.)
Liesel. Ein rechter Narr ist er doch, daß er glaubt, ich könnt' ihm auf die Läng' bös' sein. Aber die Mutter —

Zweiter Auftritt.

Liesel. Egbert und Herr von Möller aus der Mitte. Letzterer lehnt sich auf den Zaun und hört zu.

Egbert. Guten Morgen, Liesel.
Liesel (verstellt ihm den Weg zum Hause.) Bleiben Sie nur außen, gnädiger Herr; hier kommt kein Mannsbild hinein.
Egbert. Ja die Burg der Amazonen?
Liesel. Was?
Egbert. Du stehst wohl Wache, Liesel?
Liesel. Ja, ich steh' Wache.
Egbert. Also die Gesinnung der Damen ist über Nacht nicht milder geworden? Und der Grenzzaun — puh! Was ist's denn eigentlich mit der Torffabrik?
Liesel (lachend.) Ach, der Herr Goldinger —
Egbert. Muß was zu gründen haben, wenn nicht im Großen, so im Kleinen. Er kann nicht leben ohne das.
Liesel. Und der Herr Justizrath — hi, hi, hi —
Egbert. Der kann wieder nicht leben ohne seine Processe. Da kommen sie nun auf's Land, um sich in der frischen Luft gemüthlich von ihren Gerichts- und Börsenstrapazen zu erholen, und bringen uns ihre Unruhe mit. Es ist Unsinn, glaubt mir. — Die Damen sind also nicht zu sprechen?
Liesel. Durchaus nicht.
Egbert (zieht einen Brief vor.) Aber ein Briefchen kann doch hinein?
Liesel. Ich weiß nicht —
Egbert. Probir's einmal, Liesel. An Fräulein Emma Hartig — meine Braut.
Liesel (nehmend.) Sie will aber von Ihnen gar nichts mehr wissen.
Egbert. Deßhalb kann sie doch meinen Brief lesen.
Liesel. Das schon. — Nun, ich will's bestellen.

5

Egbert. Und grüße sie schön.
Liesel. Ja. — Und wenn Sie wo den Gottfried . . .
Egbert. Nun?
Liesel. Grüßen Sie ihn schön. (Eiligst ab in's Haus rechts.)
Egbert. Ich habe ihr sechs enge Seiten geschrieben, das wird sie rühren. Wahrhaftig, sechs enge Seiten! Hätt' ich sie nicht selbst gezählt, glaubt' ich's nicht. Nun — sind wir erst verheirathet, wird's ja doch alles anders. Die junge Frau muß in die Wirthschaft, ich auf's Feld, und wenn's dann zu Mittag läutet — der Kuß wird schmecken. (Zu Möller) Willst Du hier auf die Damen warten?
Möller. Hier oder dort — mir ist's gleich. — Weißt Du, ich habe mir's doch überlegt.
Egbert. Was?
Möller. Ach so —! ich habe Dir gar nichts gesagt.
Egbert. Aber ich merkte wohl, daß Dich etwas beunruhigte: Dir ist die Cigarre so oft ausgegangen.
Möller (nickt.)
Egbert. Vermuthe ich recht, daß Lydia —?
Möller (nickt.)
Egbert. Hast Du Dich ihr erklärt?
Möller (schüttelt den Kopf.)
Egbert. Willst Du Dich ihr erklären?
Möller (zuckt die Achseln.)
Egbert. Möchtest Du nicht einmal ausnahmsweise einige Worte riskiren, um mich nothdürftig zu informiren? Mach's so knapp, wie Dir's paßt, Vetter.
Möller. Ach, mit Worten, lieber Vetter . . .! Hätte ich . . . würde ich . . . wäre es . . .
Egbert. Drechsele nicht viel. Gerad heraus.
Möller. Hätte ich wissen können, daß Dr. Stich es doch nicht ernst meinte . . .
Egbert. Nun?
Möller. Vielleicht —
Egbert. Was?
Möller. Man kann nicht wissen.
Egbert. Ob sie —?
Möller. Ob ich —.
Egbert. Ach so —?
Möller. Ja.

(Pause.)

Egbert. Bist Du schon fertig?
Möller (nickt.)
Egbert. Und jetzt?
Möller (zuckt die Achseln.)
Egbert. Lydia ist doch noch immer —
Möller. O — oh!
Egbert. Also?
Möller (zögernd.) Ja.
Egbert. Was, zum Teufel?
Möller. Goldinger hat ja noch eine Tochter.
Egbert. Rosa! Aber die ist noch sehr jung.
Möller. Eben deßhalb. Ich muß durchaus noch auf ein paar Jahre nach Patagonien, um die dortigen Moose und Flechten —
Egbert. Vielleicht wartet sie auf Dich. (Wendet sich zum Zaun.) Der dumme Zaun! Muß ich wirklich herumgehn? Nein! (Schiebt den Klotz, auf dem Liesel gesessen hat, heran.) So, und nun ganz gemüthlich hinüberturnen. (Klettert über.)
Möller (geht langsam um den Zaun herum.)

Dritter Auftritt.

Egbert. Dr. Stich von links.

Dr. Stich. Ho, ho! Einbrecher!
Egbert. Gut Freund. (Springt über.)
Dr. Stich. Kommst Du aus dem Hause?
Egbert. Bewahre! Niemand wird eingelassen.
Dr. Stich. Sehr fatal. Was thun?
Egbert (achselzuckend.) Abwarten.
Dr. Stich. Abwarten! Du hast wahrscheinlich schon gefrühstückt, lieber Freund.
Egbert. Allerdings.
Dr. Stich. Und wir sind nüchtern. Den Mittag überleben wir nicht. (Aengstlich umschauend.) Sage einmal, was will eigentlich Herr von Möller wieder?
Egbert (zögernd.) Lieber Doctor —
Dr. Stich (lebhaft.) Ohne Bedenken — ohne Bedenken! es interessirt mich.
Egbert. Du weißt, er ist verschwiegen —
Dr. Stich. Aber — aber?
Egbert. Er mag wohl geheime Absichten haben?

5*

Dr. Stich. Auf Lydia?
Egbert. Auf Goldinger, denke ich.
Dr. Stich. Aha, er will mir beim Vater zuvorkommen. Es wird Zeit!

Vierter Auftritt.

Die Vorigen. Hartig, Goldinger, Steiflein von links aus dem Hause.

Hartig (eine Pfeife in der Hand, ohne daraus zu rauchen, zeigt auf den Zaun.) Das hast Du nun von Deiner Torffabrik. (Spottend.) Zweihaus — Actienkapital eine Million — was?

Steiflein (immer sehr ängstlich.) Wenn noch ein Stäubchen von Verdacht, lieber Herr Goldinger —

Goldinger (ohne auf ihn zu achten.) Ich wünschte, ich hätte in meinem Leben niemals das kleine Einmaleins gelernt!

Hartig (klopft an seine Stirn.) Wie kann man aber auch?

Steiflein (zu Goldinger.) Wenn noch ein Stäubchen —

Goldinger. Deine Prozeßhetzerei ist viel schlimmer, lieber Hartig —

Hartig. Als —?

Goldinger. Nun, ich bekenne gern, daß mein Project nichts taugt.

Hartig. Aber mein Prozeß ist solide.

Goldinger. Gleichviel.

Hartig. Nicht gleichviel.

Dr. Stich. Meine Herren, meine Herren! Um Himmelswillen kein Streit im eigenen Lager.

Hartig. Zum Teufel! wenn ich Recht habe —

Dr. Stich. Das besänftigt leider meine Schwester nicht.

Hartig (kleinlaut.) Gundula — freilich ... (seufzend) Ach, sie ist ein so gutes, vortreffliches Weib! Wird so eine aber einmal rappelköpfisch, dann geht's nicht gelinde ab.

Steiflein (sehr verlegen.) Wenn noch ein Stäubchen von Verdacht, bester Herr Goldinger —

Goldinger. Ach, reden Sie nicht davon.

Steiflein. Es beunruhigt mich so sehr. Ich habe die ganze Nacht nicht schlafen können — wahrhaftig die ganze Nacht.

Goldinger. Lieber Herr Steiflein, Sie merken wohl gar nicht, daß Ihre Präsumtion etwas dreist ist.

Steiflein. Sie ist etwas dreist, aber sie kommt aus dem unschuldigsten Herzen. Gott, ein armer Hauslehrer —

Goldinger. Schon gut, schon gut.

Steiflein. Ich höre es dem Ton ihrer Worte an, daß Sie noch böse sind. Aber ich schwör's Ihnen beim höchsten Jupiter, daß zwischen Ihrer verehrten Frau Gemahlin und mir —

Goldinger (ärgerlich.) Schon gut.

Steiflein (ohne sich stören zu lassen.) Nicht das allergeringste —

Goldinger. Schon gut, sage ich!

Steiflein. Vorgefallen ist, was nach dem strengsten Sittengesetz —

Goldinger. Der Mensch ist mit seinen Entschuldigungen — Schon gut! schon gut! schon gut!

Steiflein. Sie haben wirklich gar keinen Grund zu einem so zornigen Aufwallen. Denn wenn auch ihre Frau Gemahlin mit mir angeln wollte —

Goldinger. Angeln Sie, so viel Sie wollen.

Steiflein. Ach nein, das werde ich gewiß nicht mehr thun. Finden die Damen Gefallen an mir —

Goldinger. In Gottes Namen!

Steiflein. So findet Niemand solche Verirrung unbegreiflicher und bedauerlicher als ich —

Goldinger (zu den Uebrigen.) Helfen Sie mir doch diesen rasenden Roland besänftigen; er bringt mich mit seiner Bescheidenheit um.

Dr. Stich. Ja, es ist gefährlich. (Zu Egbert.) Deine Braut hat's auch auf ihn abgesehen.

Egbert. Hm! meine stillen Beobachtungen —

Steiflein. Herr von Rhoden —! (Die Hand auf's Herz legend.) Ich versichere Sie hoch und theuer —

Goldinger. Gottlob! jetzt kommt der an die Reihe.

Steiflein. Sie mögen mir glauben oder nicht —

Egbert (klopft ihm auf die Schulter.) Immer gemüthlich, immer gemüthlich!

Goldinger (schüttelt ihm die Hand.)

Hartig. Ja, immer gemüthlich! Ich weiß wahrhaftig nicht, wo die Gemüthlichkeit herkommen soll. Sonst hatte

ich um diese Zeit längst meinen Kaffee, meine Buttersemmel
— die Pfeife schmeckt mir nicht auf nüchternen Magen . . .
Wie lange soll das so fortgehen?

Goldinger. Das Gescheuteste wäre, Herr von Rhoden
schickte uns einen Wagen vom Gut und wir führen ab.

Hartig. Ohne die Frauen?

Goldinger. Natürlich.

Hartig. Das ist nichts! Dann verderb' ich's mit meiner
Gundel ganz und gar. Ich habe sie, wenn auch unwissend,
gekränkt, habe Heimlichkeiten gehabt — ich darf jetzt nicht
den Beleidigten spielen — das läßt mein juristisches Gewissen
nicht zu. (Die Andern lachen laut auf.)

Goldinger. Ja, aber —.

Hartig (streicht die Magengegend.) Ach! diese Flauheit,
diese entsetzliche Flauheit — sie hungern uns aus. — Hört
einmal, zu Kreuz kriechen müssen wir am Ende doch —

Goldinger. Daran bin ich gewöhnt. Eine junge
Frau . . .

Hartig. Die alten thun's auch nicht billiger, wenn sie
einmal die Bedingungen stellen können. Es kommt also nur
darauf an, daß wir in möglichst anständiger Form Frieden
schließen, mit möglichst geringer Einbuße unserer hausherr-
lichen Würde —

Goldinger. Wenigstens den Schein wahren.

Dr. Stich. Donner und Doria! Ihr könnt einem aber
Appetit auf's Heirathen machen.

Hartig. Es hat bei alledem sein Gutes. — (Er bemerkt
Möller, der sich langsam nähert.) Ah! Herr von Möller! Sie
kommen, wie gerufen. Sie sind gleichsam ganz unbetheiligt,
werden wenigstens keine persona ingrata im andern Lager
sein und als Vermittler acceptirt werden.

Möller (verlegen.) Ich?

Hartig. Bevollmächtigen wir ihn also, über den Frieden
zu unterhandeln.

Goldinger. Egbert. Ja, ja — das soll geschehn.

Möller. Ich qualificire mich — so wenig — zur
Friedenstaube —

Hartig. Eine Rede pro pace werden Sie sich doch zutrauen — was?

Möller (zuckt die Achseln.)

Dr. Stich. Bei seiner Schweigsamkeit! Schickt mich vor! Ich will den seligen Cicero im Grabe neidisch machen. (Bei Seite.) Er darf Lydia nicht vor mir sprechen.

Hartig. Meinetwegen! Sage meiner Gundula, daß sie närrisch ist . . . Aber kommt lieber hinein; wir wollen die Friedensartikel berathen und in aller Form festftellen — meinetwegen auch schriftlich. Die Hauptsache ist, daß wir bald Kaffe bekommen. (Ab in's Haus links.)

Goldinger, Egbert, Dr. Stich, Möller (folgen ihm.)

Steiflein. Was glauben Sie, Herr von Möller? Hat er mich nun noch in Verdacht oder nicht? Möller entzieht sich ihm.) Ich muß ihm doch noch dringlicher meine Unschuld betheuern. (Ab in's Haus.)

Fünfter Auftritt.

Gundula, Agnes, Emma, Rosa aus dem Hause rechts.

Gundula (spreitet eine weiße Serviette auf den Tisch im Zelt und setzt eine Zuckerschale darauf.)

Emma (zu Agnes.) Besänftigen Sie doch meine Mutter, liebe Tante.

Agnes. Kind, die Männer verdienen keine Rücksicht.

Emma. Aber Egbert hat doch an mich sechs Seiten geschrieben, und ich weiß am besten, was das bedeuten will.

Agnes. Unsere Interessen sind consolidarisch; der Einzelne muß sich unterordnen.

Emma. Aber kann Sie denn nichts versöhnen, Tante?

Agnes. Das mindeste wäre, daß Goldinger verspräche, mir einen neuen Landauer mit Gummirädern zu schenken. Kann man sich's vorstellen, daß ich ihn bisher umsonst um diese kleine Gefälligkeit gebeten habe?

Emma. Nicht möglich!

Agnes. Ach, Kind, die Männer sind Barbaren — du wirst sie noch kennen lernen. Sei vorsichtig, Rosa.

Rosa (weinerlich.) In wen soll ich mich denn aber verlieben, Mama?

Agnes. Mein Himmel! ist es denn durchaus nöthig —

Rosa (sehr froh.) Ach, ich weiß! Herr von Möller — ! gegen den werdet ihr doch nichts einwenden können?

Agnes. Dummes Geschwätz!

Rosa (wendet sich schmollend ab.) Was man auch für Noth mit seinen Eltern hat —! (Sie horcht während des Folgenden.)

Emma (zu ihrer Mutter, die aus dem Zelt zurückkommt.) Mama, warum soll ich Egbert nicht schreiben?

Gundula. Laß ihn doch noch einmal schreiben.

Emma. Aber er schreibt so ungern.

Gundula. Um so mehr.

Emma. Wenn er aber sechs Seiten —

Gundula. Warte auf acht.

Emma. Ach, die bringt er gar nicht zu Stande. Ich weiß auch recht gut, Du hast eigentlich gar nichts gegen Egbert, sondern schmollst mit dem Papa —

Gundula. Meinst Du?

Emma. Was hat der Papa denn so recht gethan?

Gundula. Das verstehst Du nicht.

Emma. Ich will es aber wissen, ich muß es wissen, wenn ich Egbert nicht schreiben soll.

Gundula (kopfwiegend.) Liebe Emma —

Emma. Der Papa ist immer so gut, und du hast tausendmal selbst gesagt, eine so glückliche Ehe gäbe es auf der ganzen Welt nicht mehr.

Agnes (berufend.) Rosa!

Rosa (zieht sich ein wenig zurück, horcht aber gleich wieder.)

Gundula (bei Seite.) Sie hat Recht. Die Liesel hat mir schon gebeichtet — ich bin eine rechte Thörin gewesen. Aber das gesteht man doch nicht so ein . . .

Emma. Nun, Mama? Was hat mein guter Papa verbrochen?

Gundula (in Verlegenheit.) Du mußt nicht so dringlich sein. Es läßt sich nicht alles sagen, was unter Eheleuten —

Emma. Dann war's gewiß auch unter ihnen selbst nicht der Rede werth.

Agnes (dringlicher.) Rosa! Aber Rosa —!

Rosa. Unsere Interessen sind ja doch consolidarisch, Mama.

Gundula (küßt Emma.) Wollen Sie einmal nach unserem Napfkuchen sehen, liebe Agnes?

Agnes. Ich bin so dumm darin . . .

Gundula. Nur daß er nicht zu braun wird. (Ab in's Haus.)

Agnes, Emma und Rosa (folgen.)

— 73 —

Sechster Auftritt.

Dr. Stich von links aus dem Hause. Später Lydia. Zuletzt Herr
von Möller.

Dr. Stich (hat Steifleins Angel und ein weißes Taschentuch
in der Hand, welches letztere er wie eine Fahne an den Stock bindet.)
Nun also mit allen Vollmachten ausgerüstet, als Parlamentär
in's feindliche Lager. Zeigen wir ihnen die weiße Friedens-
fahne. (Bindet das Tuch fest.) So —! ich denke, das Ding
spricht für sich selbst. Ich habe nur zehn Minuten Zeit!
dann wird Herr von Möller als Reserve nachgeschickt. Also
die Herausforderung. (Setzt die Hand wie eine Trompete an den
Mund.) Ratatata! Ratatata! Ratatata!
  Lydia (öffnet eben das Fenster.) Was soll der Lärm?
  Dr. Stich. Ach, Lydia! Das trifft sich erwünscht. (Pathetisch.)
Ehrwürdiger Wächter dieses Thurmes —
  Lydia (lachend. Ha — ha — ha — ha!
  Dr. Stich. Gebt einem Friedensboten Einlaß. So wahr
diese Fahne ein Taschentuch und dieses Taschentuch eine Fahne
ist, so wahr ist unsere Seele weiß und rein wie dieses Frie-
denszeichen. Gebt uns Gehör! Wollt ihr euch aber der Ge-
fahr aussetzen, daß wir diese Burg stürmen, so wisset, daß
wir nicht Backfische, nicht Greisinnen schonen werden, daß
aber vor allem die alten Jungfern in den Jahren von dreiundzwanzig zu vierundzwanzig rettungslos verloren sind!
  Lydia. Edler Don Quixote, wem gilt Eure Botschaft?
  Dr. Stich. Keiner geringeren, als der Königin der
Amazonen, so sich in dieser Burg versperret hat.
  Lydia. Heißt sie mit Namen Grete Karst? Ich will
sie sogleich rufen.
  Dr. Stich. Grausame Dulzinea!
  Lydia. Was? bin ich nicht der ehrwürdige Wächter?
  Dr. Stich. Ehrwürdige Dulzinea — süße Wächterin,
bemühen Sie sich gütigst die Treppe hinunter und treten Sie
an diesen Zaun. Ich habe etwas sehr Wichtiges mit Ihnen
zu sprechen.
  Lydia. Sie fallen aus der Rolle, edler Fahnenträger.
(Schließt das Fenster.)
  Dr. Stich. Als ob es nicht schon lange mein Schicksal
gewesen wäre, aus der Rolle gefallen zu sein! Von Natur

bin ich Liebhaber, durch Verbildung bin ich in's politische
Charakterfach übergegangen. Nun bewirkt die frische Luft
wieder eine Rückbildung . . . ach, Unsinn! Mir ist gar nicht
spaßig zu Muth — ich fühle, es wird fürchterlicher Ernst
und die nächste Stunde entscheidet über Sein und Nichtsein —
ohne Frage, ohne Frage! — Lydia —!

Lydia (die schon während der letzten Worte Stich's aus dem
Hause getreten ist und zögernd vorgeht.) Ich weiß nicht, warum
ich seine Herausforderung annehme? Es ist manchmal nicht
weniger gefährlich zu siegen, als zu unterliegen, und meine
Waffen werden stumpf — mir ahnt nichts Gutes.

Dr. Stich. Es waren zwei Königskinder,
Die hatten einander so lieb;
Sie konnten zusammen nicht kommen —
Der Zaun war gar zu hoch.

Lydia. Nein: Das Wasser war gar zu tief.

Dr. Stich. Das paßt nicht.

Lydia. Das andere auch nicht.

Dr. Stich. Das Schwimmen ist nicht Jedermanns Sache.

Lydia. Beim Klettern über den Zaun zerreißt Leander
schlimmstenfalls seinen Rock —

Dr. Stich. Und Hero lacht ihn aus.

Lydia. So wird aus einer Tragödie eine Komödie.

Dr. Stich (macht Anstalt über den Zaun zu steigen.) Darf
ich sie riskiren?

Lydia. Bitte, bitte! Bleiben Sie nur, wo Sie sind.
So eine Wand ist mitunter ganz an ihrer Stelle.

Dr. Stich. Spielen wir also Pyramus und Thisbe.

Lydia. Spielen wir gar nichts, als uns selbst.

Dr. Stich. Ach! wenn Sie das über's Herz bringen
könnten —! (Warm.) Liebe Lydia —

Lydia. Spielen Sie schon?

Dr. Stich. Der Ernst des Augenblicks —

Lydia. Ha! eine Rede beginnt.

Dr. Stich. Meine eigene Grabrede vielleicht —

Lydia. Die Sie dem Geistlichen in alle Ewigkeit nicht
gönnen. Aber im Ernst: Denken Sie an's Sterben?

Dr. Stich (zärtlich.) Der Gedanke hat sein Süßes in
der Hoffnung des Erwachens zu einem neuen Leben. Reichen
Sie mir die Hand über die Schranke hinweg — bitte, bitte,
die Hand!

Lydia (reicht ihm die Hand.) Zum Waffenstillstand?

Dr. Stich. Zum Frieden, Lydia! Wir waren einmal die besten Freunde —

Lydia. Vor langen, langen Jahren — so beginnen die Märchen.

Dr. Stich (seufzend.) Ach! ich kenne einen abscheulichen Menschen, Lydia —

Lydia. Ich auch.

Dr. Stich. Vielleicht meinen wir denselben, und ich wünschte wohl, Sie wären ihm bei alledem so gut, wie ich. Er liebte Sie nämlich, wie ich ihm glauben darf, leidenschaftlich —

Lydia. So lange er eine Rivalität zu fürchten hatte.

Dr. Stich. Und er wurde geliebt —

Lydia. Das sollten Sie ihm doch nicht so ohne Weiteres glauben.

Dr. Stich. O, Sie müssen ehrlich antworten, Lydia, auf eine ehrliche Beichte! Er wurde geliebt, und konnte glücklich sein und war — ein abscheulicher Mensch, denn er schwieg, wo er reden sollte —

Lydia. Das einzige Mal in seinem Leben! Aber lassen Sie den abscheulichen Menschen nur weiter beichten.

Dr. Stich. Er ist zu Ende. So spielten die Beiden um so lustiger Verstecken, je weher ihnen zu Muth war — bis ihnen hier in der Zurückgezogenheit, in der Stille der ländlichen Natur —

Lydia. In der frischen Luft —

Dr. Stich. Ja, in der frischen Luft das Herz wieder aufging —

Möller (tritt aus dem Hause links und bleibt unfern der Thür stehn.)

Lydia. Und Herr von Möller —

Dr. Stich. Ach! lassen Sie doch diesen schweigsamen Botaniker, für den Sie sich ja nie ernstlich interessirt haben!

Lydia. Sehen Sie sich vor — er hört zu.

Dr. Stich (umschauend.) Schon? (Sieht flüchtig nach der Uhr.) Die zehn Minuten können doch noch nicht — —!

Möller (zieht seine Uhr heraus.)

Dr. Stich. Lydia! Die Zeit eilt — ich ergebe mich Ihnen auf Gnade und Ungnade — heben Sie den Reuigen auf; sagen Sie ihm, daß Sie ihm noch ein klein Bischen gut sein können .. nur so viel, als für seine Frau gerade nöthig ist —

Lydia. Für seine Frau?

Dr. Stich. Handeln Sie großmüthig, Lydia — werden Sie meine Frau!

Lydia. O — so rasch! (Schelmisch.) Mein Abscheu vor dem abscheulichen Menschen hat sich allerdings hier in Zweihaus etwas gemildert . . .

Dr. Stich. Er wird ganz milde werden, glauben Sie mir — die frische Luft hier thut Wunder. Und wenn Sie die Flitterwochen in Zweihaus —

Lydia. Still, still! Ich will's auch ohne diese lockende Aussicht wagen.

Dr Stich. Lydia —! (Er streckt den Arm über den Zaun.) Himmlische — angebetete —!

Lydia. Halt, halt, halt! Was soll Herr von Möller dazu sagen?

Dr. Stich. Nichts! — Ihre Hand, Lydia —!

Lydia. Da — Sie vergeßlicher, garstiger, abscheulicher —

Dr. Stich (ruft laut:) Viktoria! Viktoria! Viktoria!

Möller (küßt Lydia die Hand, umarmt Dr. Stich, zieht ein Taschentuch vor, trocknet eine Thräne ab, und zieht sich zurück.)

Siebenter Auftritt.

Die Vorigen. Aus dem Hause links Hartig, Goldinger, Egbert, Steißlein in großer Hast.

Hartig und Goldinger. Friede — Friede? Ist der Friede geschlossen?

Egbert. Haben wir gesiegt?

Steißlein. Sie riefen Viktoria!

Dr. Stich (sehr herabgestimmt.) Ach, du mein Himmel! Die hatte ich in den Tod vergessen.

Hartig. Nun, Schwager?

Egbert. Nun, Freund?

Goldinger. Geben die Frauen nach? Die Unterredung hat lange genug gedauert.

Dr. Stich (sehr verlegen) Meine verehrten Gönner und Freunde — (knüpft das Taschentuch von der Angel los) es giebt

im Menschenleben Augenblicke . . . Bester Herr Goldinger — (rasch) ich bitte um die Hand Ihrer Tochter.
Goldinger. Was? Lydia —?
Lydia. Liebster Papa — es giebt wirklich im Menschenleben Augenblicke . . .
Hartig. Eine Verlobung? Lydia ist Braut?
Egbert (umarmt Dr. Stich.) Leidensbruder — an mein Herz!
Dr. Stich. Erlaube! Bei uns ist das etwas ganz anderes.
Goldinger. Aber unsere Frauen?
Hartig. Und der Zaun?
Steiflein. Da kommen die Damen. — Wenn noch ein Stäubchen von Verdacht —
Goldinger und Egbert (halten ihm den Mund zu.)

Achter Auftritt.

Die Vorigen. Aus dem Hause rechts Gundula, einen großen Napfkuchen tragend, Agnes mit Weißbrod und Butter, Liesel mit einer dampfenden Kaffeekanne, Emma, Rosa und Emil mit Kaffeegeschirr.

Gundula. So! Nur alles dort in's Zelt. Es soll uns schmecken.
Hartig. Der Kaffee! Ach — es duftet so aromatisch herüber . . .
Steiflein. Und der Napfkuchen —!
Hartig. Gewiß diesmal ein Loth mehr, um uns recht zu kränken. (Stößt Dr. Stich an.) Nun rede doch, Mensch!
Dr. Stich. Liebe Schwester!
Gundula. Nicht zu Hause.
Hartig. Gundelchen —
Dr. Stich (schiebt ihn fort.) Das Flöten nützt nichts. (Laut hinüber.) Ich bin Bräutigam!
Gundula. Was?
Dr. Stich. Und da steht meine Braut.
Gundula, Agnes, Emma, Rosa. Lydia —?
Lydia. Condolirt mir!
Egbert (streckt die Hand über den Zaun.) Emma!
Emma (nähert sich, immer ängstlich nach ihrer Mutter schielend, ebenfalls mit ausgestreckter Hand.) Egbert!

Neunter Auftritt.

Die Vorigen. Gottfried, Peter Grund und Grete Karst.

Goldinger. Agnes, Du sollst den Landauer mit Gummi haben!
Hartig. Dieser Anblick für Götter! Ich halt's nicht länger aus. Gundelchen —!
Dr. Stich. Leiden wir diese Schranke, die uns von unserm Glück absperrt? Alle Mann heran! Sturm — Sturm! Der Zaun muß fallen! (Er ordnet die Herren einige Schritte vor dem Zaun. Gottfried gesellt sich zu ihnen.) Vorwärts!
(Die Männer stürmen vor und werfen den Zaun um. Dann allgemeine Umarmung.)
Gundula (ihren Mann umarmend.) Ich bin einmal recht dumm gewesen, Alter —
Hartig. Vergeben und vergessen!
Emma (zu Egbert) Unzertrennlich!
Gundula. Nach diesem allgemeinen Friedensschluß, Kinder, denke ich —
Goldinger. Wir fahren nach Hause.
Agnes, Hartig, Steiflein, Rosa, Gundula. Nach Hause! Nach der Stadt! Nach Hause!
Steiflein (eilt an Allen vorbei nach dem Zelt und setzt sich an den Kaffeetisch.)
Gundula. Wer hat nun wieder Recht gehabt?
Hartig. Natürlich meine Frau!
Dr. Stich und Lydia (Arm in Arm.) Ich protestire! Die frische Luft hat doch gewirkt.
Gundula. Rechnen wir auf die Nachkur — Zu Tische.

(Der Vorhang fällt.)

Ende.